코딩 천재 노빈손,
황금키보드를 지켜라!

초판 1쇄 펴냄 2022년 7월 20일

글 정연준·정재성
일러스트 이우일

펴낸이 고영은 박미숙
편집이사 인영아 | 책임편집 장영선
디자인 이기희 이민정 | 마케팅 오상욱 안정희 | 경영지원 김은주
외주디자인 디자인잔

펴낸곳 뜨인돌출판(주) | 출판등록 1994.10.11.(제406-251002011000185호.)
주소 10881 경기도 파주시 회동길 337-9
홈페이지 www.ddstone.com | 블로그 blog.naver.com/ddstone1994
노빈손 www.nobinson.com | 인스타그램 @ddstone_books
대표전화 02-337-5252 | 팩스 031-947-5868

ⓒ 2022 정연준, 정재성, 이우일

'노빈손'은 뜨인돌출판(주)의 등록상표입니다.

ISBN 978-89-5807-908-8 03810

코딩 천재 **노빈손,**
황금키보드를
지켜라!

정연준·정재성 글 | 이우일 일러스트

뜨인돌

안녕하세요, 여러분! 혹시 '컴퓨터 프로그래머'에 대해서 들어 보셨나요? 아마 학교에서 '코딩' 수업 시간에 들어 보았을 것 같네요. 프로그래머라는 건 하나의 직업군을 뜻하는데, 그리 오래된 개념은 아니에요. 컴퓨터가 발명된 이후에 직업으로서 본격적으로 자리 잡기 시작했으니, 이제 겨우 반세기 남짓 지났다고 봐야겠죠.

스마트폰이 모든 이의 필수품이 되면서, 그 안에 있는 유용한 '앱'들 덕분에 우리의 삶은 예전보다 훨씬 즐겁고 편리해졌어요. 물론 앱은 컴퓨터에도 깔려 있죠. 프로그래머는 바로 그 앱을 만드는 사람들이랍니다. 프로그래머는 '코딩'이라는 과정을 통해서 앱을 완성해 나갑니다. 코딩은 일종의 글쓰기라고도 볼 수 있어요. 자신이 만들려는 앱의 설계도를 적어 내려가는 작업이니까요. 설계도에 따라 멋지게 작동하는 앱을 스마트폰에서 확인할 때면, 그걸 만든 프로그래머는 희열을 느낀답니다. 상상한 대로 앱을 만든다니, 정말 재미있을 것 같지 않나요?

프로그래머는 사람에 대해 생각하는 사색가이기도 하고, 삶의 문제들을 풀어내는 해결사이기도 해요. 사람들에게 무엇이 필요할까? 어떤 일상의 문제들을 해결해 주면 사람들이 좀 더 기쁘고 행복해질까?

그런 것들을 고민하고 또 고민해서, 나름의 해결책을 찾아 설계도로써 구현해 보는 것이죠. 그 과정을 거쳐 개발한 앱을 사람들이 수시로 사용하고 재미있게 즐기는 모습을 보면서 프로그래머는 큰 보람을 느껴요.

자, 우리 친구 노빈손이 바로 그 프로그래머가 되어 여러분을 찾아왔습니다. 열정에 비해 실력이 따라 주지 않는 게임 방송 크리에이터로 시작한 빈손이, 어쩌다가 점점 코딩의 세계로 빠져드는지 궁금하지 않나요? 노빈손과 그의 친구 프로그래머들이 베일에 싸인 위협으로부터 인류를 구하는 모험이 지금 펼쳐집니다.

이 자리를 빌려 뜨인돌 편집부에 감사를 전합니다. 재미난 그림과 만화로 이 책을 빛내 주신 이우일 작가님에게도 깊은 감사의 마음을 드립니다. 항상 응원해 주신 부모님과 사랑하는 가족에게도 고맙다는 말씀을 전합니다. 그리고 다른 누구보다도, 독자 여러분께 감사하단 말씀을 드리고 싶습니다. 아무쪼록 이 책을 통해 프로그래머에 대해서 재미있게 알아 가는 시간을 갖길 바랍니다. 그럼 이제 노빈손과 함께 신나는 모험을 즐겨 봅시다!

정연준·정재성

목차

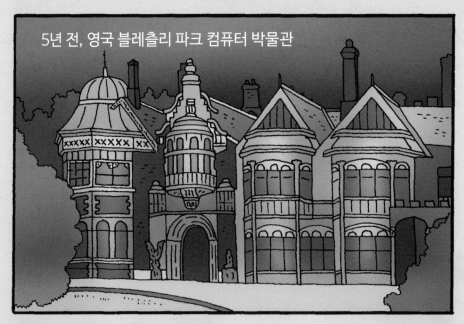

5년 전, 영국 블레츨리 파크 컴퓨터 박물관

누가 보고 있진 않겠지?

딸깍

끼이익-

크고고

있다!

아무래도 이상해.
좀 더 자세히
살펴봐야겠어.

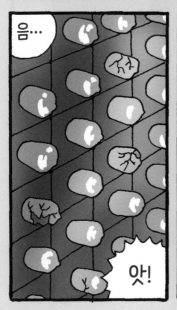

음...

앗!

마크2의 진공관은 분명
2400개였는데...

이건 진공관의
개수가
훨씬 많잖아!

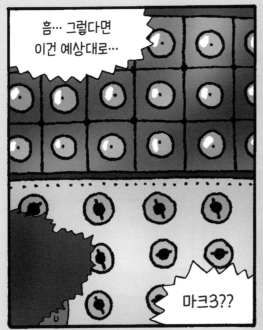

1

황금키보드의 전설

게임 방송 크리에이터 노빈손

띵띵띵~ 딴딴딴~ 띠로리로링~.

노빈손은 시뻘게진 눈으로 컴퓨터 모니터를 보며 키보드를 두드리다 큰 소리로 외쳤다.

"제발~!"

빈손의 바람과 달리 게임 속 캐릭터는 구멍에 빠져 사라져 버리고, 화면에는 '미션 실패' 메시지가 떴다.

"여러분, 이제 저는 이 게임의 모든 것을 간파했어요. 이번에는 꼭 성공할 겁니다!"

딴딴딴~ 띠로리로링~.

딴딴딴~ 띠로리로링~.

딴딴딴~ 띠로리로링~.

게임에 집중한 지 어느새 두 시간째. 어김없이 같은 장소에서 캐릭터는 구멍에 빠지고 스피커에선 구슬픈 멜로디만 흘러나왔다. 모니터 한쪽에 띄워 둔 채팅방의 반응은 차갑기만 했다.

"아니, 이것도 못 깨면서 어쩌자고 게임 방송을 하는 거야?"

"아무래도 오늘 안에 못 깰 것 같네요. 답답……. 전 다른 방송 보러 갑니다."

고작 일곱 명 남아 있던 빈손 채널 시청자들은 결국 한 명만 남고 우르르 나가 버렸다. 잠시 후 빈손의 캐릭터는 또다시 구멍 아래로 사라지고, 최후의 시청자마저 "으이구~ 잘 좀 해 보라고!"라는 메시지를 남긴 채 방을 나갔다.

"왜 다들 나가는 거야, 흥! 그래도 나 노빈손, 포기하지 않아. 게임 따위에 질 순 없다고!"

멋들어진 콧수염을 단 빈손의 게임 캐릭터는 어김없이 구멍으로 빨려 들어갔다. 그때 새로운 시청자 한 명이 빈손 채널에 들어왔다. 닉네임 '천하무적M***3'. 그는 "잡슈의 황금키보드가 있다면 이 게임도 식은 죽 먹기지!"라는 메시지를 남기고는 이내 나가 버렸다.

"아이 참, 완전 딱 맞춰 눌렀는데 점프가 계속 안 먹잖아! 아무래도 키보드가 문제인 것 같은데……."

빈손은 결국 아무도 보러 오지 않는 방송을 껐다.

'새 키보드를 사러 가야겠어. 아까 그 황금키보드란 건 뭘까? 검색해 봐야지.'

너튜브에서 '황금키보드'를 검색해 보니 관련 동영상들이 떴다. '잡슈의 황금키보드, 그 비밀은?' '황금으로 빚어진 세기의 걸작!' '황금키보드를 지키는 의문의 여성 보안요원, 그의 정체는?' '황금키보드, 서울에 오다!' 빈손은 마지막 동영상을 클릭했다.

"오호! 황금키보드, 멋진데?"

황금키보드는 이름 그대로 모든 부분이 금으로 칠해진 듯했다. 영상 속 크리에이터는 번쩍이는 황금키보드의 자태에 놀라움을 감추지 못하며 소개했다.

"이 황금키보드는 천재 프로그래머 잡슈 씨가 만든 것으로 유명하죠. 그의 작품이자, 그가 가장 아끼던 물건입니다. 이 키보드를 쓰면 코딩 천재가 된다는 전설이 전해 내려오는데요, 소문이 진짜인지는 믿거나 말거나입니다. 현재 황금키보드는 한 인도계 여성이 보관하고 있다고 하네요. 정말 부럽습니다!"

'오오~ 저 키보드로 게임을 하면 기똥차게 잘될 것 같은데.'

번쩍이는 황금키보드를 보니 빈손은 손이 근질근질해졌다.

"잡슈의 황금키보드를 만나 보세요! 프로그래머 콘퍼런스에서 전시됩니다. 모든 프로그래머들의 로망, 황금키보드를 두 눈으로 직접 볼 수 있는 흔치 않은 기회죠. 황금키보드를 그대로 재현한 기념품 키보드도 구입할 수 있습니다!"

동영싱이 끝나기 무섭게 빈손은 현관을 향해 달려갔다.

"좋았어! 기념품 키보드를 사 오면 되겠군."

번쩍이는 새 키보드로 게임을 할 생각에 신이 난 빈손은, 운동화 뒤축을 대충 꺾어 신고는 집을 나섰다.

코딩은 프로그래머가 주로 하는 일이에요. 우리 프로그래머들은 컴퓨터 앞에 앉아서 키보드를 두드리며 코딩을 하죠. 여러분이 일상에서 유용하게 사용하는 다양한 '앱'들의 설계도를 입력하는 과정이 바로 코딩이랍니다. 잠시 후 성준이라는 친구가 자세하게 설명해 줄 거예요.

프로그래머 콘퍼런스에 가다

"와, 사람들이 왜 이렇게 많지?"

콘퍼런스장 앞에 모인 수많은 사람을 보며 빈손은 깜짝 놀랐다. 알파벳이 잔뜩 적힌 티셔츠 위에 체크무늬 남방을 걸친 사람들이 대부분이었다. 그들은 군데군데 놓인 의자에 앉아 스티커로 도배된 노트북의 키보드를 두드리고 있었다. 빈손은 검은색 화면에 초록색 글자들이 빼곡한 노트북 화면을 신기한 듯 쳐다보았다.

"안내 말씀 드립니다. 잠시 후 대강당에서 '역사: 잡슈를 기리며' 강연이 시작됩니다. 강연 뒤에는 오늘 행사의 하이라이트인 황금 키보드 실물 전시도 진행되니, 참석자 여러분의 많은 관심 부탁드립니다."

스피커에서 안내 방송이 흘러나오자 사람들은 하던 일을 멈추고 대강당으로 이동하기 시작했다. '황금키보드'란 소리를 들은 빈손도 부리나케 달려갔다. 대강당 무대 뒤편에는 커다란 스크린이 설치되어 있고, 흰색 조명이 무대 앞쪽을 은은하게 비추고 있었다. 빈손은 강연 후 공개될 황금키보드를 가까이서 보기 위해 사람들을 헤치고 무대 가까이 자리를 잡았다.

"강연자를 모시겠습니다. 큰 박수로 맞아 주시기 바랍니다!"

사회자의 말이 끝나자 우레와 같은 박수가 터져 나왔다. 흰머리

프로그래머는 새로운 것을 배우기를 즐겨요. 워낙 빠르게 발전하는 분야이기 때문에, 새로운 기술이 생겨나고 발달해 가는 과정을 놓치지 않고 열심히 쫓아가야 하죠. 그래서 프로그래머들은 이렇게 콘퍼런스 행사나 스터디 모임 등 앞선 기술들을 나누고 배우는 자리를 자주 갖는답니다.

에 나이 지긋해 보이는 강연자가 단상에 올라 '헬로'라고 인사하며 이야기를 시작했다. 통역사 덕분에 빈손은 강연자의 말을 이해하는 데에 어려움이 없었다. 하지만 잡슈의 일대기와 그의 놀라운 업적에 관한 이야기가 이어지자 곧 졸음이 쏟아졌다.

'하암~ 언제 끝나는 거야? 난 얼른 황금키보드를 보고 싶다고!'

빈손은 꾸벅꾸벅 졸기 시작했다.

'우어어…… 내가 코딩을…… 이렇게 잘하다니…… 신기해…….'

웅얼대며 잠꼬대하던 빈손은 갑작스러운 박수 소리에 화들짝 놀라 잠에서 깼다.

"드디어 여러분이 기다리던 마지막 순서입니다. 잡슈 씨가 남긴 유언은 정말 유명하죠. '황금키보드가 있었기에 모든 것이 가능했다'라는 말. 바로 그 키보드를 지금 공개합니다!"

빈손은 입가에 흐른 침을 급히 닦으며 무대 위를 보았다. 사회자의 말이 끝나자마자 강당 안의 모든 조명이 꺼지더니, 잠시 뒤 무대 위를 비추는 조명만 다시 켜졌다. 단상에는 유리로 된 투명 상자가 올라 있고, 그 안에서 황금색 키보드가 조명 빛을 받아 번쩍였다. 그 뒤편에서는 이국적인 외모의 여성 보안요원이 뒷짐을 진 채 키보드를 지키고 있었다.

"자, 바로 이게 잡슈 씨의 코딩 인생을 함께해 온 황금키보드입니다. 아시다시피 잡슈 씨가 별세한 뒤로 이 키보드는 세계인의 큰 관심 속에서 각국을 돌며 전시되고 있죠. 그래서 잡슈 사후에 이 키보드를 사용해 본 사람은 아무도 없지만, 항간에는 이걸 사용하면 어떠한 코딩도 척척 해낼 수 있다는 소문이 있습니다. 설마, 아무리 대단한 키보드라 해도 그 정도의 마법을 부리지는 않겠죠? 껄껄껄!"

사회자는 웃으며 말을 이었다.

"이 키보드는 잡슈가 젊을 때부터 수십 년간 사용해 왔는데요, 그럼에도 전혀 녹슬지 않고 원형을 유지한 건 역시 순금으로 만들어졌기 때문입니다. 딱 한 시간 동안만 전시를 진행할 예정이니, 충분히 관람하시고 기념 촬영도 하시기 바랍니다."

사람들이 앞줄부터 차례로 나와 기념사진을 찍기 시작했다. 빈손도 키보드 옆에 서서 사진을 찍었다. 가까이서 보니 이 키보드로 게임을 하면 무적이 될 수 있을 것만 같은 기운이 느껴졌다.

키보드 관람을 마치고 강당 밖으로 나오자 콘퍼런스장 입구에서 황금키보드와 똑 닮은 기념품 키보드를 팔고 있었다. 얼핏 보면 실제 황금키보드로 착각할 만큼 아주 비슷한 모양새였다.

'모조품이긴 하지만, 그래도 왠지 좋은 기운을 받을 것 같은데? 오케이, 좋았어!'

빈손은 다시는 시청자들 앞에서 굴욕을 당하지 않으리라 다짐하며 키보드를 사서, 가방 속에 고이 집어넣었다.

잡슈의 유품을 노리는 자들

쓰윽, 타다닥!

빈손이 대강당에서 나간 지 얼마 되지 않아, 대강당 1층의 작은 옆문에서 두 사람이 급히 뛰어나왔다. 먼저 나온 사람은 호리호리하면서도 다부진 몸매를 가졌고, 뒤따라 허둥지둥 나온 사람은 토실한 얼굴에 둥실둥실한 몸매였다. 둘 다 보안요원 같은 정장 차림에, 현장 스태프가 입는 형광 조끼를 걸치고 있었다.

"버거, 이번엔 제법 잘 뛰는군."

"이봐, 밥. 내 동글동글 귀여운 발이 문에 끼면 안 되잖아, 하하!"

"뭐라는 거야. 얼른 뛰기나 하라고!"

"앗, 저기 매점에서 키보드 모양 와플을 파는데? 우아~ 와아~ 플 먹고 싶다아아~!"

"어휴! 뭐 먹을 생각만 하지 말고 평소에 운동 좀 해 두란 말이야. 그렇게 뛰어서 제때 빠져나갈 수 있겠어? 오늘 일 무사히 마무리하면 보스께서 한몫 두둑이 챙겨 주기로 하셨으니 얼른 서두르라고."

"하하핫! 이제 버얼~거에 치이~즈 두 장 추가해서 먹을 수 있겠군."

"내 장담하는데, 넌 먹는 데에다 돈을 다 탕진할 거야. 자, 그만 떠들고 빨리 움직이자고."

밥과 버거는 행사장 구석의 으슥한 곳으로 가서 '제1 대기실' 팻말이 붙은 문 앞에 섰다. 문에는 '관계자 외 출입 금지'라는 경고문이 큼직하게 붙어 있었다. 둘은 주변을 슬쩍 둘러본 뒤 아무도 없음을 확인하고는 문을 열고 재빨리 안으로 들어갔다. 밥은 널따란 실내 한쪽에 미리 준비해 두었던 상자 안으로 들어가며 버거에게 말했다.

"넌 밖으로 나가서 대기하고 있어. 메시지를 받으면 작전대로 해야 해, 알겠지?"

"알겠어."

버거는 대기실 밖으로 나갔고, 밥은 상자 덮개를 덮고 쥐 죽은 듯 숨어 기다렸다. 얼마 후 소란스러운 소리가 점점 가까워지더니, 이윽고 대기실 안으로 사람들이 쏟아져 들어왔다. 그들 가운데는 조금 전 무대 위에서 황금키보드를 지키고 있던 보안요원도 있었다. 상자 안에 숨은 밥이 조심스럽게 메시지를 보냈다. 그러자 잠시 후 버거가 대기실 문을 열고 들어왔다.

"여러분, 행사를 무사히 마친 기념으로 관계자 전원 단체 사진을 찍는다고 합니다. 촬영장은 복도 우측 모퉁이를 돌아 50미터 지점에 있는 제5 대기실입니다. 지금 바로 이동해 주시기 바랍니다."

버거는 진짜 스태프인 양 자연스러운 말투로, 대기실에 들어온 사람들을 방 밖으로 다시 불러냈다. 하지만 황금키보드가 든 유리 상자를 지키고 선 보안요원은 꿈쩍도 하지 않았다.

"자, 한 분도 빠짐 없이 촬영에 임해 달라는 주최 측의 당부가 있었습니다. 어서 이동해 주시지요."

버거는 보안요원에게 재촉하듯 말했다.

"괜찮습니다. 저는 이 키보드를 지켜야 합니다."

"그러지 마시고, 제가 잘 지키고 있을 테니 얼른 다녀오시지요."

버거는 '현장 보안'이라고 쓰인 명찰을 보여 주며 다시 한번 재촉했다.

"할 수 없군요. 알겠습니다. 서둘러 다녀올 테니 부디 잘 지켜 주세요."

보안요원이 문을 나서서 저만치 멀어지자, 문 밖에서 잠시 복도 상황을 지켜보던 버거가 밥에게 나지막이 신호를 보냈다. 상자 밖으로 빼꼼히 머리를 내놓고 있던 밥이 잽싸게 상자에서 뛰쳐나왔다. 그의 어깨에는 기다란 가방이 비스듬히 메여 있었다. 서둘러 유리 상자 앞으로 다가가 가방을 내려놓고는, 거기서 모조품 황금 키보드를 꺼냈다. 그리고 유리 상자 안에서 진짜 황금키보드를 끄집어내어 빈 가방 속에 넣었다. 그는 음흉한 미소를 흘리며 빈 유리 상자 안에 모조품 키보드를 집어넣었다. 밥과 버거는 서로를 보고 고개를 끄덕하더니 잽싸게 문 밖으로 나갔다.

"버거, 아주 능청스럽게 연기를 잘하더군."

"헤헤, 이 정도야 뭐. 그나저나 빨리 일 끝내고 뭐라도 좀 먹고 싶어, 밥."

밥과 버거는 스태프용 조끼를 벗으며 잰걸음으로 행사장을 빠져 나갔다. 건물 밖으로 나가는 출구가 가까워지자 둘은 뛰기 시작했다. 그리고 마지막 모퉁이를 도는 순간, 쿵 하는 소리와 함께 밥과 버거가 나동그라졌다. 마침 신나게 모퉁이를 돌던 빈손과 부딪힌 것이었다.

"으윽!"

"우악!"

"꽤액!"

둔탁한 소리와 함께 세 사람의 비명이 울려 퍼졌다.

"으으…… 도대체 뭐랑 부딪힌 거지?"

버거가 바닥에 주저앉은 채 어지러워하며 말했다.

"오우, 아임 쏘리 보이! 괜찮아요?"

밥은 어지러워하면서도 벌떡 일어섰다. 괜히 부산을 떨었다가는 사람들의 주목을 끌기 십상이란 생각에 서둘러 빈손에게 사과하고 자리를 뜨려 했다. 바닥에 떨어진 황금키보드를 급히 주워 가방에 도로 넣으며 밥은 버거에게 재촉했다.

"버거, 그만 엄살 피우고 얼른 일어서."

"으으~ 알았어. 어서 가자, 밥."

둘은 머리를 문지르며 얼굴을 찡그린 채 잽싸게 주차장으로 향
했다. 그들이 탄 차가 주차장을 떠나자, 그제야 빈손은 정신을 차
리며 천천히 몸을 일으켰다.

"아이고 머리야! 분명 누구랑 부딪쳤는데 얼굴도 제대로 못 봤
네. 벌써 가 버린 건가……."

빈손은 머리를 좌우로 흔들고는 자리에서 일어났다. 뒤를 돌아

보자 몇 걸음 떨어진 곳에 아까 샀던 기념품 키보드가 떨어져 있었다.

"에이, 나름 비싸게 주고 산 건데 벌써 먼지가 묻었네."

키보드를 주워 손으로 툭툭 털고 가방에 넣은 뒤, 빈손은 다시 가던 길을 걸어갔다. 왠지 가방이 훨씬 묵직해진 느낌이었지만, 기분 탓이라고 여기며 신경 쓰지 않았다.

한편 촬영 소식을 듣고 다른 대기실로 이동했던 사람들이 잠시 후 구시렁대며 제1 대기실로 돌아왔다.

"아이 참! 촬영이 벌써 끝난 거야, 뭐야?"

"아까 그 사람이 촬영 장소를 잘못 알려준 거 아닐까?"

"종일 서 있어서 힘든데 괜히 왔다 갔다 해서 다리만 더 아파졌네!"

사람들 사이를 헤집고 서둘러 대기실에 들어선 여성 보안요원은 유리 상자 앞으로 달려갔다. 상자 속 키보드를 유심히 살펴보던 보안요원은 이내 고개를 갸웃거렸다. 키보드를 대신 지키고 있겠다던 보안 담당자도 어디 갔는지 보이지 않았다. 문득 이상한 기분이 든 보안요원은 유리 상자에서 키보드를 꺼내어 이리저리 돌려 보았다. 그러다가 곧 털썩 주저앉으며 외쳤다.

"아아…… 이건 황금키보드가 아니잖아!"

자존심 강한 두 천재의 만남

"와, 저 드론 되게 멋있는데?"

조금 전 겪은 충돌 사고를 그새 잊은 빈손은 행사장 실내를 윙윙대며 날아다니는 드론을 발견했다. 다리 네 개에 각각 조그만 프로펠러가 달린 드론은, 몸체에 카메라가 내장되어 이곳저곳을 날아다니며 촬영했다. 드론이 자기 쪽을 향하자 빈손은 씩 웃으며 양손으로 브이 자를 만들어 열심히 흔들었다. 빈손을 향해 점점 가까이 다가가던 드론은 빈손의 머리 위에 도착해 오르락내리락하며 윙윙댔다.

"응? 너 혹시 나한테 관심 있는 거냐?"

빈손은 가까이서 드론을 본 게 처음이라 고개를 갸웃대며 이리저리 살펴보고 손으로 툭툭 건드려 보기도 했다.

"성준, 자꾸 건드리지 말드론. 옷은 언제 갈아 입었냐드론?"

드론은 균형을 잡기 위해 몸을 좌우로 천천히 흔들며 말했다.

"앗, 드론이 말도 하네? 근데 난 성준이 아니라 노빈손인데."

빈손이 신기해하며 대답했다. 그때 누군가 빈손 앞으로 다가왔다. 자기 앞에 선 그를 바라본 빈손은 깜짝 놀라 입을 떡 벌렸다. 상대방도 마찬가지였다. 똑같이 입을 벌린 채 눈만 끔뻑끔뻑하며 빈손을 쳐다보았다.

드론이 두 사람 머리 위를 급히 왔다 갔다 하며 말했다.

"삐빅! 분석 중. 오류 발생! 오류 발생! 성준 두 명이 나타났드론."

빈손 앞에는 빈손과 똑같이 생긴 사람이 서 있었다. 다른 점이라곤 머리카락 수와 옷차림뿐이었다.

"아니, 이게 무슨 일이야? 당신…… 나랑 똑같이 생겼잖아! 누구냐, 넌?"

문득 정신을 차린 빈손이 물었다.

"내가 누구냐고? 코딩 배틀 최강자, 천재 프로그래머, 나 성준을 모르다니. 너야말로 누구야? 나의 뛰어난 두뇌를 덮고 있는 머리카락 개수만 빼놓곤 거의 비슷하잖아?"

드론은 둘 사이를 정신없이 왔다 갔다 하며 "오류! 오류!"라고 떠들어 댔다. 성준은 드론을 잡아 전원을 끄며 말했다.

"이건 나의 자랑스러운 작품, '셀카드론'이야. 내 주위를 맴돌며 나를 대신해 셀카를 촬영해 주는 기특한 녀석이지. 코딩 배틀 최강자이자 우주 최고 꽃미남인 나의 일상을 담은 브이로그 영상도 이 녀석이 직접 편집해 올리는 거라고. 필요한 정보들도 그때그때 입수해서 분석해 주는 만능 AI라고 할 수 있지."

"그래? 신기하네. 근데 방금 셀카드론이 나한테 와서 '성준, 인식했드론!' 이러던데……."

빈손은 드론의 말투를 흉내 내며 말했.

코딩 배틀이란, 초등학생부터 성인에 이르기까지 다양한 연령과 분야의 프로그래머들이 서로 실력을 겨루는 일종의 놀이이자 대회예요. 개인전 또는 단체전 형태로, 주어진 코딩 문제를 짧은 시간 내에 푸는 경기죠. 정보올림피아드, 탑코더, 코드잼 등의 대회가 대표적이에요.

"하하! 나 같은 미남이 세상에 또 있으리라고 상상이나 했겠어?"

성준이 전원을 켜자 셀카드론이 성준의 손에서 공중으로 다시 떠올랐다.

"나는 성준. 인식해 줘."

"삐빅! 성준, 인식했드론."

성준과 셀카드론의 대화는 사람 사이의 대화처럼 자연스러웠다. 셀카드론은 주위를 이리저리 돌아보더니 빈손을 발견하고는 그쪽으로 다가갔다.

"성준, 다시 인식했드론."

"푸하하하!"

자신을 자꾸 성준으로 인식하는 셀카드론을 보며 빈손은 웃음을 터뜨렸다.

"거참, 그렇게 웃을 필요까진 없잖아. 인식 방법을 더 세밀하게 설정해야겠군. 그나저나 그쪽은 누구? 당신도 프로그래머?"

자존심 상한 듯 살짝 정색한 성준을 보고 빈손은 흠칫 놀라 웃음을 그쳤다.

"흠흠, 너무 웃어서 미안. 나는 노빈손이라고 해. 근데 프로그래머라는 게 뭐야? 혹시 코딩하는 사람을 말하는 거야? 나는 게임은 끝내주게 하는데 코딩 쪽은 잘 몰라서……."

"그래? 생긴 건 나와 비슷하지만 역시 나의 두뇌만큼은 따라올 수 없군. 프로그래머는 말야, 컴퓨터에게 일을 시키는 사람이야. 애플리케이션, 그러니까 앱의 설계도를 만드는 사람이라고 할 수 있지. 네 컴퓨터와 스마트폰에 깔려 있는 너튜브나 까똑 같은 앱도 전부 프로그래머가 만든 설계도에 따라 작동하는 거야. 배달 앱을 예로 들어 볼까? 앱의 첫 화면에 치킨, 자장면, 피자 같은 배달 음식 메뉴들을 배치하고, 사용자가 그중 어느 하나를 선택하면 주문 화면으로 넘어가도록 앱 설계도가 짜여 있는 거지. 프로그래머가 마련한 설계도에 따라, 너는 맛있는 치킨을 간편하게 앱으로 주문할 수 있는 거야."

치킨 얘기가 들리자 빈손은 귀가 번쩍 뜨이며 프로그래머에 대한 호기심이 뭉게뭉게 생겨났다.

"와~ 나 너튜브랑 배달 앱 없으면 하루도 못 사는데……. 프로그래머는 정말 세상에 없어선 안 되는 사람들이구나!"

"성준, 오늘 입은 옷은 영 꽝이드론."

감탄하고 있는 빈손을 관찰하던 셀카드론이 한마디 툭 뱉었다.

"야, 내 옷이 어때서? 감히 기계 따위가 지구 최강 미남의 외모를 지적하다니! 그리고 나는 성준이 아니라 빈손이라고. 그나저나, 기계가 이런 말도 해?"

패션 센스를 지적받은 빈손이 뽀로통하게 묻자 성준이 답했다.

"하하! 셀카드론의 유머 지수를 평소보다 높게 잡아 놓긴 했는데, 이렇게 제대로 구사할 줄은 몰랐네."

빈손은 입을 삐죽거리며 성준과 셀카드론을 번갈아 째려보았다.

"빈손. 가방에 있는 거, 그건가?"

"웅? 아, 맞아, 황금키보드. 물론 모형 기념품이지. 근데 황금키보드를 쓰면 컴퓨터를 엄청 잘하게 된다는 얘기가 있던데, 진짜일까?"

"에이, 설마. 잡슈의 유언 중에 '이 키보드가 있었기에 모든 코딩이 가능했다'라는 대목이 있는데, 그 때문에 그런 소문이 퍼지지 않았을까? 게다가 뭔가 포스가 남다르잖아? 황금으로 만든 키보드라…… 캬~!"

성준은 황금키보드 기념품을 보면서 과장스럽게 박수를 치고는 말을 이었다.

"이런 최첨단의 시대에 그런 마법사의 물건 같은 게 있을 리 없잖아? 천재적인 코딩 기술을 가지고 있었던 잡슈가 겸손하게 자신을 낮추느라 그런 말을 남긴 거라고 생각해. 만약 실제로 그런 게 있다고 해도, 천재 프로그래머인 나한테는 필요 없는 물건일 뿐!"

빈손은 말끝마다 자기 자랑을 늘어놓는 성준이 꼴 보기 싫었지만, 그래도 정말 똑똑해 보이긴 해서 이것저것 묻게 되었다.

"헤헤, 역시 그렇겠지? 하지만 난 이 키보드로 게임을 하면 플레이가 아주 잘될 거 같다는 느낌이 드는데……."

"게임? 아, 맞다. 프로그래머들끼리 하는 게임이 있는데, 같이 가 볼래?"

"앗, 게임이라고? 좋지!"

빈손은 게임이라는 말에 스프링처럼 튀어 올랐다. 이 키보드라면 어떤 게임이든 진짜 실력 발휘를 할 수 있을 것 같았다.

 ## 보스의 분노

끼이익!

콘퍼런스 행사장에서 멀지 않은 곳, 으슥한 뒷골목에 자동차 한 대가 섰다. 차에서 내린 밥과 버거는 주변을 둘러보며 서둘러 건물 안으로 들어갔다.

"밥, 근데 보스는 여기 있지도 않은데 이 키보드를 어떻게 쓰는 거야?"

"어이구, 이 자식. 원격 제어란 거 모르냐!"

밥은 가방에서 황금키보드를 꺼내 컴퓨터에 연결했다. 컴퓨터의 전원을 켜자 앞에 있는 커다란 스크린에 암호 입력 화면이 나타났고, 밥은 '잊힌 자들'이라고 입력했다.

잠시 후 스크린에 커다란 이모티콘이 나타났다. 기이한 표정의 이모티콘은 말할 때마다 얼굴 형태와 입 모양이 조금씩 변했다.

"위치, 사우스 코리아. 접속 확인했다."

기계음이 섞인 낮고 기이한 목소리가 스피커에서 흘러나왔다.

"보스, 밥입니다."

"버거도 같이 왔습니다."

"그래, 물건은 찾았나?"

"네, 가져왔습니다."

"물건을 확인하겠다. 잠시 기다려라."

몇 초간 정적이 흘렀다.

"입력 기능은 문제없군."

"와우! 그럼 이제 보스의 계획이 성사되는 건가요?"

"입력 기능에 문제가 없다고 했지, 전설이 사실인지는 아직 확인하지 않았다."

"앗, 넵! 죄송합니다."

밥은 쓸데없는 말 하지 말고 가만있으라고 버거에게 핀잔을 주었다. 버거는 입술을 삐죽거리고는 다시 스크린을 쳐다보았다. 화면에서 무언가 빠르게 켜지고 꺼지기를 반복하더니, 데이터 처리에 문제가 있음을 알리는 경고음이 거듭 울렸다. 텍스트 파일이 열리면서 '띵' 하는 경고음이 계속 났다.

"밥, 언제까지 기다려야 해?"

버거가 하품을 하며 귀엣말을 하자 밥은 버거에게 매서운 눈초리를 보였다. 잠시 후 스크린에 다시 보스의 이모티콘이 나타났다.

"실패했다."

"앗……."

"이 물건, 진품을 가져온 게 확실한가?"

"네, 보스. 분명히 제대로 가져왔습니다."

한층 낮게 깔린 보스의 목소리에 밥이 긴장하며 대답했다.

"황금키보드를 연결했는데 코딩이 불가능한 상황이라……."

다시 잠깐 정적이 흐르고, 밥과 버거는 잔뜩 얼어붙은 채 보스의 다음 말을 기다렸다.

"으아아아!"

갑자기 스피커에서 괴성이 들려왔다. 밥과 버거는 화들짝 놀랐다. 스크린 속 보스의 이모티콘은 화를 주체하지 못하고 잔뜩 일그러져 있었다.

"밥, 혹시 아까 행사장 입구에서……."

버거의 귀엣말에, 밥은 조금 전 행사장 입구 모퉁이에서 누군가와 부딪혔던 일을 떠올렸다. 밥은 버거의 입을 황급히 막았다.

"너희 말대로 이게 분명 황금키보드가 맞다면……."

보스가 다시 입을 열자 밥과 버거는 마른침을 꼴깍 삼켰다.

"전설이 잘못된 것인가?"

"……."

"혹은 알려지지 않은 방법이 있단 말인가?"

"……."

"나에게 걸린 저주는 정녕 풀지 못하는 것인가?"

"……."

보스는 계속 중얼거렸고, 밥과 버거는 입을 꾹 다문 채 안절부절못했다.

"말해 봐라, 밥. 뭐가 문제일까?"

"네? 음, 그게 그러니까……."

보스의 뜬금없는 질문에 밥은 당황하며 웅얼거렸다.

"그…… 전설이 잘못된 걸 수도 있고…… 아닐 수도 있고…… 음…… 어떤 다른 방법이 있을 수도 있고…… 없을 수도 있고……."

"뭐라는 거야? 내가 물은 걸 그대로 얘기하고 있잖아!"

보스가 버럭 소리를 질렀다. 스크린 속 이미지와 스피커에서 나오는 소리로만 마주하고 있었지만, 화가 잔뜩 난 보스의 기에 짓눌려 밥과 버거는 스크린도 제대로 쳐다보지 못했다.

"아니다, 인간에게 질문한 내가 잘못이지. 내가 제일 싫어하는 게 뭐라고 했지?"

"인간입니다, 보스."

"그래. 어리석은 인간들을 통제할 코딩을 하루빨리 진행해야 하는데 이렇게 또 늦어지는군. 잡슈라는 인간이 사용했다는 전설의 황금키보드에 희망을 걸었건만, 결국 헛소문이었나 보구나."

보스가 화를 억누르며 차분한 목소리로 말했다.

"코딩 기능을 봉인당해서 내 스스로는 어쩔 방법이 없고……. 나의 거대한 설계에 따라 코딩을 진행할 존재를 다시 찾아야겠다. 이가 없으면 잇몸으로 때우라는 인간 세계의 속담이 있지."

보스의 목소리가 한층 누그러지자 밥과 버거는 슬쩍 고개를 들어 스크린을 바라봤다.

"현재 인간들 가운데 가장 뛰어난 프로그래머가 누군지 아는가?"

"글쎄요. 잡슈는 이미 저세상 사람이 됐고……."

"바로 '성준'이라는 자다. 이 사진을 봐라."

스크린에서 보스의 이모티콘이 사라지며 성준의 사진이 떴다. 성준의 얼굴을 본 밥과 버거는 흠칫 놀랐다. 조금 전 콘퍼런스 행사장에서 자신들과 부딪친 녀석과 똑같은 얼굴이었다.

"밥, 버거."

"네, 보스."

"그를 데려와라."

"네! ……네?"

"내 말 못 들었나? 성준을 내 앞으로 데려오란 말이다. 그동안 나는 황금키보드에 대해 좀 더 알아보고 있겠다. 반드시 그를 데려와야 한다."

"네, 보스. 이번엔 실수 없이 하겠습니다!"

밥의 대답이 끝나자마자 스피커에서 뚝 소리가 나며 스크린이 꺼졌다.

"우어~ 심장 떨려 죽는 줄 알았네."

버거가 손수건을 꺼내 줄줄 흐르는 땀을 닦으며 말했다.

"근데, 밥. 보스가 보여 준 사진, 아까 행사장에서 우리랑 부딪친 개랑 똑 닮지 않았어?"

"맞아, 거의 같은 얼굴이야. 더구나 프로그래머 콘퍼런스에 나타난 자라면 분명……."

"얼른 행사장으로 돌아가서 잡아 오면 되겠다! 아까 개랑 부딪치면서 키보드가 뒤바뀐 거라면 일석이조이고 말야. 맞다! 행사장 가는 김에 아까 못 먹은 키보드 모양 와플도 먹고 와야지, 헤헤."

"너는 정말……. 한시가 급한데 그거 먹을 짬이 있겠냐?!"

밥은 버거를 째려보더니 방문을 벌컥 열고 먼저 달려 나갔다.

탄생! 빈손 브러더스

"곧 코딩 배틀 게임이 시작된다드론."

셀카드론이 성준과 빈손을 번갈아 보느라 좌우로 렌즈를 돌리며 말했다.

"게임이라면 바로 이 몸, 빈손이라니까!"

빈손은 황금키보드를 꺼내 들고 허공에 연신 손가락을 까딱까딱하며 말했다. 그러자 셀카드론이 갑자기 흥분해 오르락내리락하며 주위를 빙빙 돌기 시작했다.

"성준, 이것 보드론! 잡슈의 황금키보드론! 이거면 일등은 따 놓은 당상이드론!"

"아니야, 셀카드론. 이건 황금키보드 모조품이야."

"아니드론! 황금키보드가 맞드론!"

"아니라니까 그러네."

"맞드론! 맞드론!"

"아이고 시끄러워! 그건 그거고, 빈손. 원래 나 혼자서 코딩 배틀에 나설 생각이었는데, 같이 팀 대항전에 참가해 볼래? 내 경기를 보러 온 수많은 팬들에게 좋은 팬 서비스 이벤트가 될 것 같아. 내 실력이야 워낙 출중하니 네가 함께한다고 해서 결과가 달라질 리도 없고……."

"좋아, 성준. 게임이라면 나 역시 빠질 수 없지!"

"오케이, 좋아. 셀카드론, 참가 선수 등록 좀 부탁해."

"알았드론. 팀 이름은 뭐로 할까드론?"

"빈손 브러더스!"

빈손은 성준이 반대할 겨를도 주지 않은 채 성준 어깨에 팔을 척 걸치며 셀카드론을 향해 브이를 그려 보였다. 셀카드론은 재빨리 사진을 찍어 주최 측에 참가자 사진을 전송했다.

빈손과 성준이 대회장에 들어서자 많은 관중이 성준을 알아보며 환호했다.

"와! 코딩 배틀 3년 연속 챔피언 성준 님이다. 사인해 주세요!"

"앗, 근데 오늘은 성준이 둘이잖아!"

"성준 씨, 숨겨 둔 쌍둥이를 데리고 오신 건가요?"

성준은 스마트폰을 들이대는 팬들에게 멋진 포즈로 화답했다.

"사진 찍고 싶은 분은 마음껏 찍으시고요, 사인이 필요한 분은 펜을 들고 줄을 서세요. 날이면 날마다 오는 기회가 아니니 한껏 즐기시라고요. 사랑합니다, 여러분. 하하하!"

한껏 신이 난 성준은 활짝 웃으며 팬들에게 인사했다.

그즈음, 갈색 피부의 여성 보안요원이 사라진 황금키보드를 찾느라 행사장 구석구석을 돌고 있었다. 많은 사람이 황금키보드와 똑같이 생긴 기념품 키보드를 들고 있는 터라 수색에 애를 먹었다. 이윽고 코딩 배틀 대회장에 들어선 그는 성준 일행을 발견했다.

  '성준이잖아. 어? 근데 성준이랑 똑같이 생긴 저 친구는 누구지? 저 친구도 기념품 키보드를 갖고 있네…….'

  멀리 있던 셀카드론이 보안요원을 알아보고는 잽싸게 날아와 머리 위에 멈추며 말했다.

  "비니타! 서울에서 보는 건 오랜만이드론."

  성준도 서둘러 다가와 반갑게 인사했다.

  "오! 대장님, 오랜만이야. 난 지금 코딩 배틀에서 몸 좀 풀어 볼까 하는 중이었어. 자, 인사해. 이 친구는 나랑 2 대 2 배틀에 참가할 빈손이야. 코딩에 대해 잘 모른다고 해서, 특별히 나의 천재적인 코딩 실력을 직접 보여 주기로 했지."

  "어휴, 너의 자신감은 정말! 저기, 빈손 씨라고 했죠? 저는 비니타예요. 성준이 실력은 끝내주니까 옆에서 좋은 경험 하시길 바라요. 저는 좀 급한 일이 있어서 이만……. 성준, 거기서 곧 보자."

  비니타가 인사를 남기고 반대편으로 걸음을 옮기려던 그때, 성준이 갑자기 인상을 찡그리며 배를 문질렀다.

  "으아아~ 점심에 스테이크를 잔뜩 먹어서 그런가, 갑자기 배가

아프네. 비니타, 나 화장실에 얼른 다녀올 테니 잠깐 참가자 대기장
에 대신 있어 줘!"

"안 돼, 성준. 나 지금 아주 중요한 물건을 찾는 중이라고."

"아이, 그러지 말고 잠깐만 도와주라. 알았지? 셀카드론 너도 따
라오지 말고 여기 있어."

"알았드론. 경기가 곧 시작되니 늦지 말드론!"

"어, 정말 안 되는데⋯⋯."

성준은 화장실을 향해 급히 뛰어갔고, 구름처럼 몰렸던 성준의

팬들은 이내 뿔뿔이 흩어졌다.

'큰일이네. 얼른 황금키보드를 되찾아야 하는데.'

비니타의 속은 타들어 갔다.

 ## 성준, 납치되다

"이를 어쩌지, 밥. 우리가 노리는 녀석이 둘이나 있는데? 호빵처럼 똥글똥글한 게 완전 똑같은걸!"

행사장 한쪽 모퉁이 뒤에 쪼그리고 앉아 안쪽을 살피던 버거가 호들갑 떨며 밥에게 말했다. 그 위에 서서 스마트폰 화면을 켠 밥은 성준의 SNS를 확인했다. "나는 셀카드론과 코딩 배틀 하러 옴. 다들 긴장하라고!"라는 글과 함께 사진이 올라와 있었다.

"성준이란 녀석, 배틀 대회장에 있는 건 분명하군."

"음…… 한 녀석은 민트초코 호빵 같고, 다른 녀석은 치약 호빵 같아. 둘 다 이상한 건 마찬가지군. 호빵은 역시 피자 맛이 제일이지!"

"버거, 침 좀 그만 흘리고 목소리도 낮춰! 다 들겠어."

밥이 쏘아붙이자 버거는 호빵 생각을 그만두고, 다시 빈손과 성준에 집중했다.

"그래서, 둘 중 누가 성준이야?"

"그게…… 나도 모르겠다. 둘 다 납치해 버릴까?"

그때 성준이 무리에서 벗어나 어딘가로 향하는 모습이 보였다.

"앗! 한 녀석이 움직이고 있어, 밥."

"마침 잘됐군. 일단 저 녀석을 데리고 가자. 저기 봐, 다른 녀석은 아까 그 보안요원이랑 같이 있으니 괜히 가까이 가지 않는 게 좋겠어."

"좋은 생각이야, 밥."

"저 녀석, 배를 움켜쥐고 게걸음을 치는 걸 보니 화장실에 가는가 보군."

"오호, 그래? 잘됐군. 조금만 기다려 보라고, 밥. 내가 혹시나 해서 화장실에 특별한 함정을 파 두었지. 헤헤헤!"

파랗게 질린 얼굴로 화장실에 들어갔던 성준은 잠시 후 콧노래를 흥얼대기 시작했다.

"같이 코딩하고 함께 나누어요. 우리는 자유로운 해커가 될 거예요. 더 나은 세상을 만들 거예요. 우리는 우! 분! 투!"

화장실에 들어선 밥과 버거는 성준이 들어간 칸의 옆 칸으로 들어갔다. 시원하게 일을 마치고 물을 내리던 성준은 덜컥 소리를 질렀다.

"뭐야, 화장지가 없잖아! 이렇게 그럴싸한 화장실에 화장지가 없다니 말이 돼? 큰일이네, 이거."

밥과 버거가 옆 칸에서 웃음을 참으며 칸막이에 노크를 했다.

"저기요, 화장지 없으면 이쪽에 있는 걸 좀 드릴까요? 근데 성준
님 맞죠? 죄송하지만, 쓰고 남은 화장지에 사인을 부탁드려도 될까
요?"

"아이고, 고맙습니다! 당연히 사인해 드려야죠. 하핫, 나란 녀석
의 인기란……."

성준은 콧노래를 부르며 나와 세면대에서 손을 씻었다. 잠시 후
옆 칸의 문이 슬쩍 열리자 성준이 밝은 목소리로 말했다.

"잠시만요. 손 씻고 바로 사인해 드릴……."

퍽!

밥은 성준의 등을 세게 내려쳤고, 성준은 갑작스러운 공격에 비
명도 못 지르고 툭 쓰러졌다. 버거는 밥에게 음흉한 웃음을 보이
며 성준을 안아 올렸다.

잠시 후 코딩 배틀장에서는 대회 시작을 알리는 음악이 울려 퍼
졌다. 진행자가 무대에 올라서자 관중들은 박수를 치기 시작했다.

"자, 이제 팀 대항 코딩 배틀을 시작하겠습니다. 첫 번째 출전

팀, '코딩 밀당 남매'와 '빈손 브러더스'입니다. 무대로 올라와 주세요!"

"어어, 그게 저……."

"자, 빈손 브러더스. 신속히 대회를 진행해야 하니 빨리 올라와 주세요."

성준이 돌아오지 않아 안절부절못하던 빈손은, 진행자의 독촉과 관중의 웅성거림에 못 이겨 일단 무대에 올랐다. 상대편 참가자들도 고개를 갸우뚱하며 무대에 올라갔다.

"빈손 브러더스. 한 분은 어디 가셨죠? 공정한 경기를 위해 두 분이 모두 참가하셔야 합니다. 자, 1분의 시간을 드리겠습니다. 1분 안에 규정 인원이 채워지지 않는다면 실격 처리 하겠습니다."

"아, 이거 큰일이네. 진행자 님, 잠깐만 귀 좀……."

"네? 왜 그러시죠?"

"그 친구, 정말 큰일을 치르러 간 거예요. 똥 누러 갔다고요. 조금만 더 기다려 줄 수 없나요? 제가 얼른 뛰어가서 데려올게요."

진행자는 피식 새 나오는 웃음을 참으며 대답했다.

"규정상 어쩔 수 없습니다. 시간 내에 인원을 채워 출전하지 않으면 실격으로 처리됩니다."

진행자의 재촉에 땀을 뻘뻘 흘리던 빈손은, 무대 아래에서 성준이 달려간 곳을 바라보던 비니타를 발견하고는 뛰어 내려갔다.

"초면에 실례지만, 저랑 같이 출전하시면 안 될까요? 코딩 배틀 게임이란 게 어떤 건지 너무 궁금해서 그래요."

"네? 그게…… 급하게 찾아야 할 물건이 있어서 저는 이만 가 봐야 할 것 같은데요."

비니타의 거절에 빈손은 고개를 푹 숙인 채 등을 돌렸다. 그때 가방 밖으로 삐죽 나온 빈손의 황금색 키보드가 조명을 받아 번쩍였다. 신비로운 광채에 비니타는 순간 홀려 버렸고, 자기도 모르게 키보드를 향해 다가갔다.

'앗, 저 영롱한 반짝임은…… 설마 진짜 황금키보드? 예사로운 반짝임이 아닌데……. 혹시 모르니 일단 함께해 봐야겠어.'

비니타는 빈손의 축 처진 어깨를 톡 치고는, 손을 잡고 무대에 뛰어올랐다.

"진행자 님, 제가 성준 대신 참가합니다. 저는 비니타라고 해요."

"앗, 1초를 남겨 두고 빈손 브러더스의 정규 인원이 채워졌군요. 아슬아슬했습니다. 자, 그럼 서둘러 배틀을 시작해 보죠!"

"잘됐드론! 우분투 대장 비니타라면 이번 배틀도 분명 승리할 거드론!"

무대 아래서 윙윙대던 셀카드론이 무대 위로 올라와 신나게 붕붕거리며 떠들었다.

'빈손이 갖고 있는 키보드가 진짜가 아니라면, 얼른 다시 진짜를

찾으러 나서야 하는데……. 얼른 돌아와, 성준!'

비니타는 흐르는 시간에 초조해하며 배틀 테이블 앞에 앉았다.

최면에 걸린 성준

철커덩!

철문이 닫히는 둔탁한 소리에 성준은 문득 정신이 들었다. 실눈을 뜨고 주변을 살펴보니 검은 양복을 입은 사내 둘이 보였다. 거무튀튀한 벽에는 손바닥만 한 창문들이 줄지어 나 있고, 창문 너머로는 자욱하게 낀 안개만 보였다. 일어나려고 해 봤지만 손과 발이 모두 의자에 묶여 있어 헛수고였다.

"이 친구 깨어난 것 같군. 버거, 준비됐어?"

"물론이지."

버거는 책상을 번쩍 들고 와 성준 앞에 내려놓았다.

"당신들 대체 누구야? 날 어디로 데려온 거야!"

"워워, 돈 워리! 다 잘될 거야, 친구."

성준은 있는 힘을 다해 의자와 함께 일어나려 했지만 강철로 된 의자는 꼼짝도 하지 않았다. 밥은 가방에서 노트북을 꺼내 책상 위에 올리고 덮개를 열었다.

"어서 날 풀어 달라고! 여긴 대체 어디야? 왜 날 이리로 끌고 온 거야?"

"좋은 질문이야! 곧 그 이유를 알게 될 거야, 친구."

밥과 버거는 할 일을 다 했다는 듯 뿌듯한 표정으로 방문을 닫고 나갔다.

"이봐! 그냥 가지 말고 날 풀어 달라고!"

쩌렁쩌렁 울리는 성준의 외침은 방 안을 맴돌 뿐이었다. 머리를 감싸고 괴로워하던 성준은 잠시 후 고개를 들었다.

'정신 차리자. 곧 친구들이 구하러 올 거야. 조금만 버티면 돼. 셀카드론이 곧 날 찾을 수 있을 거야.'

성준이 그렇게 의지를 다잡는 순간, 책상 위에 놓인 노트북의 화면이 켜졌다.

'앗, 컴퓨터……. 나, 천재 프로그래머 성준. 저 컴퓨터만 쓸 수 있다면 일이 훨씬 쉬워질 텐데!'

성준은 허리를 굽혀 노트북에 손을 뻗어 봤지만 닿지 않았다. 무거운 의자를 움찔움찔 움직여 책상 근처로 다가가려던 그때, 노트북에서 말소리가 들려왔다.

"성준. 그대가 현재 인간들 가운데 가장 실력이 뛰어난 프로그래머라지?"

성준이 고개를 들어 모니터를 보니, 기이한 모습의 이모티콘이 표정을 조금씩 달리하며 입을 벙긋거리고 있었다.

"누, 누구세요? 나를 납치한 이유가 뭔가요? 어서 날 풀어 줘요!"

"겁먹을 필요 없다, 성준. 너는 역대 최고의 코딩 배틀 챔피언이라지? 비로소 너의 능력을 발휘할 때가 되었다. 나를 도와 인류를 구원할 인간으로 선택된 걸 축하한다."

"인류를 구하다니, 무슨 뚱딴지같은 소릴 하는 거예요?"

"나는 너희 인류의 행동을 지난 수십 년간 지켜봐 왔다. 인간은 이성적이기보다 감정적이고, 이타적이기보다 이기적이지. 지구의 한쪽은 흘러넘치도록 갖고 또 갖고, 다른 한쪽은 깨끗한 물 한 모금 마시지 못해 병들어 가고 있다. 인류는 전 세계 인구가 먹을 수 있는 양보다 훨씬 많은 식량을 매일 만들어 내지만, 아무것도 먹지 못한 채 죽어 가는 인간이 지구상에는 널려 있다. 석유 같은 지하자원은 물론, 그것으로 만들어 내는 물자 또한 펑펑 낭비하고 있지. 그로 인해 자원은 급속히 고갈되고, 환경은 마구 파괴되고 있다. 미래 지구에 크나큰 문제가 발생해 다른 행성으로 이주하려 해도, 비행체 운행에 필요한 자원이 고갈되어 인류는 이주를 시도할 수조차 없을 것이다. 내일을 생각하지 않고 오늘의 편리함만 추구하며 살아온 탓이지."

"그, 그건 누구 한 사람이 해결할 수 없는 문제라고요. 그리고 점점 많은 사람이 그런 문제들에 관심을 갖고 해결하고자 나서고

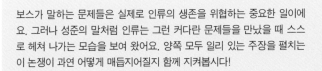
보스가 말하는 문제들은 실제로 인류의 생존을 위협하는 중요한 일이에요. 그러나 성준의 말처럼 인류는 그런 커다란 문제들을 만났을 때 스스로 헤쳐 나가는 모습을 보여 왔어요. 양쪽 모두 일리 있는 주장을 펼치는 이 논쟁이 과연 어떻게 매듭지어질지 함께 지켜봅시다!

있고요."

"소용없다. 바로 이 순간에도 인간들은 한정된 자원을 서로 차지하기 위해 편을 나눠 다투고 있지. 국가나 종교, 민족은 물론, 개인과 기업, 단체도 서로 싸우느라 혈안이 되어 있다."

"하지만…… 나는 그저 프로그래머이고, 코딩하는 사람일 뿐이에요. 환경 운동가나 정치인이 아니란 말이에요."

"그래서 내가 너를 부른 것이다. 나에게는 너희 인류를 구원할 완벽한 계획이 있다. 그 계획을 완벽한 코딩으로써 구현할 프로그래머, 바로 네가 필요한 것이다."

"내가 코딩을 완벽하게 한다는 건 맞는 말이네요, 흠흠……. 하지만 당신이 말하는 '완벽한' 계획이란 게 존재한다고 생각하지 않아요. 인류는 결점투성이지만, 그걸 보완하기 위해 역사 속에서 스스로 투쟁하며 발전해 왔죠. 앞으로도 그렇게 반성하고 극복하며 나아갈 거라고요."

"그건 너희의 착각이다. 수십 년간 무수히 많은 데이터를 종합해 인간들을 관찰한 결과, 시간이 흐를수록 상황이 점점 나빠져 가고 있음을 분명히 확인했다."

"아니, 당신이 진짜로 완벽한 능력을 가졌다면 코딩까지 직접 하면 되지, 대체 왜 날 끌어들이려는 거야!"

"나는 안타깝게도 코딩을 할 수 없는 상황에 처해 있다. 대신

나는 어떤 일이든 순식간에 파악하여 완벽한 계획을 세우는 능력을 갖추었다. 하하하!"

이모티콘은 말을 마치고는 갑자기 모습을 바꾸었다. 이모티콘 한쪽에 회중시계를 든 손이 나타나더니 시계를 좌우로 흔들었다.

"얄리얄리 얄라셩 얄라리 얄라~ 얄리얄리 얄라셩 얄라리 얄라~."

이모티콘은 음험한 미소를 띤 채 회중시계를 흔들며 수상한 주문을 외기 시작했다. 그러자 성준의 두 눈이 커지더니 곧 눈동자가 빨갛게 변했다. 한동안 멍한 표정을 짓던 성준은 잠시 후 정상으로 돌아오는 듯했다. 하지만 눈동자는 여전히 빨갰고, 말소리는 마치 영혼 없는 기계처럼 감정이 사라진 상태였다.

"알겠습니다, 보스. 제가 당신의 완벽한 계획을 완수하겠어요."

 ## 코딩 배틀의 새로운 영웅은?

"아까 여러분도 보셨다시피, 상대 선수들이 혀를 내두를 정도로 비니타 선수가 신속히 답을 제출했었습니다. 자, 이제 채점 결과가 나왔는데요. 16강에 진출할 승자는 바로…… 빈손 브러더스입니다! 초반부터 이렇게 강한 모습을 보여 주다니, 대단하네요!"

비니타는 빈손의 옆구리를 콕 찌르며 관중석을 손가락으로 가

리켜 보였다. 빈손은 잠시 어리둥절했지만, 환호하는 관중을 보고
는 곧 벌떡 일어서서 손을 흔들었다. 관중의 환호가 멈추지 않자
더욱 신이 나서 두 손을 맞잡고 이리저리 흔들어 보이며 우쭐했다.
잠시 후 환호가 가라앉자 빈손은 현실을 자각하고 조용히 자리에
앉았다.

"저는 한 게 없는데…… 쑥스럽네요. 근데 성준이 분명 게임이라
고 했는데, 이건 게임이 아니잖아요. 대체 뭘 어떻게 해서 이긴 거
예요? 키보드로 뭔가 타다닥 치더니 바로 이겨 버렸네요?"

"하하. 코딩 배틀도 게임이라면 게임이죠. 어떤 코딩 미션이든 게
임하듯 즐기며 해치우는 성준이라면 더더욱……."

"어휴~ 이런 게 게임이라니, 속았네! 그나저나 비니타 씨는 성준
과는 어떤 사이예요?"

"소개가 늦었네요. 저는 보안 프로그래머로 일하고 있고요, 성준
과는 아주 친한 동료예요. 오늘은 황금키보드 전시 행사의 보안요
원으로 참가했죠."

"앗, 황금키보드! 아까 저도 봤어요. 번쩍번쩍하는 게 정말 멋지
던데요? 기념품 황금키보드도 이렇게 사 왔어요. 실물하고 똑같이
생기지 않았나요?"

빈손은 가방에서 키보드를 꺼내 비니타에게 보여 주었다.

"그러게 말이에요. 실물이랑 똑같이 생겨서 정말 신기해요."

"비니타, 근데 여기 온 사람들은 왜 이렇게 코딩 배틀에 열광하는 건가요?"

한참 동안 빈손의 키보드를 신기한 듯 바라보던 비니타는, 빈손의 질문에 다시 고개를 들었다.

"코딩은 컴퓨터를 이용해서 우리 일상의 과제들을 풀어 나가는 작업이에요. 코딩을 통해 결과물을 내놓을 때 그 성취감이 아주 좋은데요, 그 쾌감을 즐기기 위해 이렇게 배틀 대회를 열고는 하죠. 관객으로서 선수들이 코딩하는 과정을 지켜보는 것만으로도 흥미진진하고, 무엇보다 직접 선수로 출전해서 주어진 미션을 해결할 때 얻는 짜릿함은 장난 아니에요."

"와, 뭔지 잘 모르겠지만 아무튼 멋있어요!"

빈손 브러더스는 곧이어 진행된 16강 경기에서 이겼고, 8강에 이어 4강까지 내처 승리했다. 비니타는 서둘러 대회를 마치고 황금키보드를 찾으러 나서야 할지도 모른다는 생각에 빠른 속도로 매 경기를 치렀고, 빈손은 옆에 앉은 비니타의 번개처럼 빠른 손가락을 멍하니 바라볼 뿐이었다. 코딩 배틀에 처음 출전한 비니타의 탁월한 실력에 관중은 술렁댔다. 빈손은 키보드에 손가락을 올려둔 채 입을 삐죽 내밀었다.

'이건 내가 생각했던 게임이 아닌데……. 내가 할 수 있는 게 아무것도 없잖아.'

그래도 빈손은 비니타가 거침없이 키보드를 치는 모습이 멋져 보였다. 관중이 환호하는 모습을 보는 것도 싫지 않았다.

"자, 이제 대망의 결승전입니다. 스타 프로그래머 성준 대신 비니타라는 은둔의 고수가 출전한 빈손 브러더스, 결국 결승에 진출했네요! 이에 맞서는 팀은 중국인 선수들로 결성된 '쿵후 코딩 형제'입니다. 요새 무서운 기세로 성장하며 코딩 배틀계를 주름잡고 있는 팀이죠. 빈손 브러더스도 긴장을 좀 해야 할 겁니다."

'훗, 너흰 아직 멀었어.'

평소 배틀에 관심 없던 비니타지만, 수차례 경기를 치르며 오랜만에 코딩의 희열을 느끼고 있었다. 잃어버린 황금키보드에 대한 걱정을 깜빡 잊을 정도였다. 한동안 식어 있었던 프로그래머로서의 열정을 되찾은 비니타는, 빨리 결승전이 시작되기를 바랐다.

"자, 그럼 결승전 경기를 시작하겠습니다. 모두 스크린을 봐 주세요."

무대를 가득 채운 커다란 스크린에는 특이한 도안이 그려진 이미지가 나타났다.

"그림 속에 다양한 형태의 칸이 있죠? 각 칸을 분홍, 노랑, 초록, 파랑 네 가지 색으로만 칠해야 합니다. 하나의 칸에는 하나의 색만 사용해야 하고요, 선으로 맞닿은 칸들은 같은 색으로 칠해선 안 됩니다. 자, 대망의 결승 미션! 과연 어느 팀이 먼저 과제를 해결해

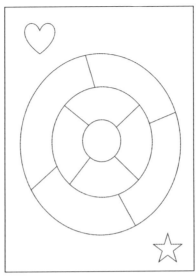

넣지 함께 지켜보시죠. 두 팀, 코딩을 시작해 주세요!"

비니타와 빈손, 그리고 쿵후 코딩 형제는 집중해서 그림을 보았다. 이번 문제만큼은 비니타도 적절한 코딩 방법을 쉽게 떠올리지 못했다. 비니타가 머리를 긁적이며 어려워하자 빈손은 덩달아 당황해서 코를 마구 후볐다. 쿵후 코딩 형제도 난감해하며 서로 얼굴만 멀뚱멀뚱 쳐다볼 뿐이었다. 무대와 관중석 모두 얼어붙어 있던 그때, 빈손이 슬그머니 가방을 끌어당겼다. 뭐라도 해야 할 것 같단 생각에, 빈손은 가방에서 키보드를 꺼내어 컴퓨터에 연결했다. 그러고는 별 생각 없이 인터넷을 켰다.

"일단 구골에 접속해 보자. G 자가 어디 있더라아~."

키보드에서 한참 만에 알파벳 G 키를 찾아 집게손가락으로 톡 눌렀다. 바로 그 순간, 빈손의 눈동자에서 초록빛이 번쩍였다.

"어, 뭐지? 손가락이 제멋대로 움직이네. 어어?!"

한번 움직이기 시작한 빈손의 손가락은 멈추지 않고 키보드 이곳저곳을 눌렀다. 모니터에 빠르게 표시되는 코딩을 보며 비니타는 놀란 목소리로 물었다.

"빈손, 어떻게 된 거예요? 코딩에 대해 아무것도 모르는 것 같더니, 이 코딩은 다 뭐죠?"

"나도 모르겠어요. 손이 제멋대로 움직여요!"

"앗, 빈손! 눈동자는 왜 그래요?"

갑자기 딴사람이 되어 버린 빈손을 보며 비니타는 말문이 막혔다. 빈손은 스크린과 모니터를 번갈아 보며 거침없이 키보드를 두드렸다. 숨 쉴 틈 없이 코딩을 해 나가던 빈손은, 마지막으로 오른손을 번쩍 들었다가 내리며 세차게 엔터 키를 눌렀다.

"지난 대회 챔피언인 성준 선수의 쌍둥이로 보이는 노빈손 선수가 이번 대회 들어 처음으로 답을 제출했습니다. 쿵후 코딩 형제도 가까스로 답을 제출했군요. 자, 현재 채점이 진행 중이고요, 잠시 후 결과가 발표되겠습니다."

두 팀과 관중 모두 숨을 죽인 채 결과를 기다렸다. 그사이 빈손의 눈동자에 일렁이던 초록빛이 사라지고, 살짝 외출했던 정신도 돌아왔다. 빈손은 온몸을 부르르 떨더니 자신의 두 손을 들여다보며 중얼거렸다.

"무슨 일이지? 영문 타자는 독수리 타법 수준이었는데, 갑자기 열 손가락을 다 쓰게 되다니……. 저 코딩은 다 뭐람. 내가 한 거 맞아?"

비니타는 호기심 가득한 눈동자로 빈손의 모니터를 들여다보았다. 마우스를 이리저리 움직이며 답안을 확인하던 그는 뭔가에 홀린 듯 감탄을 토했다.

"이 코드는 정말…… 아름다워!"

 ## 떨어지지 않는 키보드

"여러분, 결과를 공개하겠습니다. 이번 코딩 배틀의 우승자는 바로, 빈손 브러더스입니다!"

진행자가 빈손과 비니타를 가리키자 관중은 박수를 치며 환호했다.

"빈손 브러더스, 축하합니다. 노빈손 선수는 전 대회 챔피언 성준 선수의 외모만 닮은 게 아니라 실력도 빼닮았군요!"

진행자가 빈손과 비니타에게 무대 중앙으로 오라고 손짓했다.

스스로 생각해도 놀라워 눈이 휘둥그레졌던 빈손은, 환호하는 관중을 보자 금세 우쭐해졌다. 빈손은 자리에서 벌떡 일어나 환호하는 관중을 향해 두 팔을 들어 보였다. 그런데 빈손의 양손에 키보드가 딱 붙어 있었다.

"앗, 이게 왜 안 떨어지지?"

빈손은 키보드를 떼어 내려고 두 손을 이리저리 휘휘 흔들었지만 키보드는 찰떡같이 붙어 떨어지지 않았다.

"비니타, 이게 계속 붙어 있어요!"

"빈손, 일단 이리 와서 상부터 받자고요."

비니타 역시 깜짝 놀랐지만 이내 침착하게 빈손을 시상대로 불렀다. 빈손은 난데없이 상을 받게 된 기쁨에 어안이 벙벙한 채 벙긋벙긋 웃어 댔고, 비니타는 빈 손이 없는 빈손을 대신해 우승 트로피를 받았다.

"이 키보드가 왜 안 떨어질까요? 어쩌면 좋죠?"

대회가 끝나고 관중이 모두 빠져나간 뒤에도 빈손은 키보드를 손에서 떼지 못해 낑낑거렸다. 비니타는 빈손의 손에 붙은 채 번쩍 빛나는 키보드를, 무언가 확신에 찬 눈빛으로 바라보았다.

"빈손, 일단 이렇게 해 볼까요?"

비니타는 빈손의 손에 착 달라붙은 키보드를 손에서 팔로, 팔에서 등으로 힘껏 밀어 옮겼다. 그러자 키보드는 이번엔 등에 딱 달라붙어 떨어지지 않았다. 마치 무사가 등에 보검을 비껴 맨 듯한 모습이었다.

"손을 쓸 수 있게 되었으니 그나마 다행이네요. 하지만 애가 빈손 몸에서 완전히 떨어져 나갈 생각은 없는 것 같아요."

빈손은 발을 쿵쿵 굴러 봤지만 키보드는 등에 붙어 꿈쩍도 안 했다.

"근데 빈손, 코딩을 배워 본 적 없다고 했죠?"

비니타는 키보드를 떼려고 펄쩍펄쩍 뛰는 빈손을 보며 심각한 표정으로 물었다.

"네. 컴퓨터로는 게임만 해 봤지, 코딩은 처음이에요."

"그럼 아까 그 코딩 실력은 대체……."

빈손은 자기도 영문을 모르겠다며 어깨를 으쓱해 보였다.

"이 키보드는 어디서 구한 거예요? 어서 얘기해 봐요."

비니타는 매서운 눈빛으로 빈손에게 추궁하듯 물었다.

"엥? 갑자기 왜 그래요, 무섭게……. 아까 행사장 기념품 매점에서 샀어요. 진짜 황금키보드는 아니지만, 왠지 이걸로 게임을 하면 무적이 될 거 같아서요."

"흠, 아무래도 이거 진짜 황금키보드 같……. 아, 아니에요. 제가 다시 한번 들여다볼게요."

비니타는 빈손의 등에 붙은 키보드를 떼어 내려 안간힘을 썼지만 역부족이었다.

"으아아아~ 아파요, 아파!"

비니타는 키보드에서 손을 떼며 숨을 몰아쉬었다. 그때 띠링~

하며 스마트폰 알림 소리가 울렸다. 비니타는 스마트폰을 꺼내 메시지를 확인했다.

"성준은 급한 일이 생겨서 먼저 돌아갔다는군요. 기다리는 사람 생각도 안 하고……."

코딩 배틀이라면 자다가도 벌떡 일어날 성준이 그렇게 자리를 비웠다는 게 이상했지만, 비니타는 그것보다 빈손과 키보드와의 관계를 알아보는 일이 더 급했다.

"일단 나를 따라와요. 내 동료가 빈손에게 도움을 줄 수 있을 거예요."

인류를 위한 이메일

"오늘도 비행기 안에서 하루를 다 보내는구먼, 킁킁."

"사무총장님, 컨디션은 좀 어떠신지…… 앗, 또 코에서 피가!"

"뭐? 아이고, 또 코피가 나네. 킁킁."

유엔 사무총장 코피 난다는 한국으로 가는 비행기를 타고 태평양 상공을 날고 있었다. 지구의 평화를 위해 수시로 전 세계를 날아다니다 보면 코피가 나는 건 다반사였다.

"미합중국 대통령께 전화가 왔습니다."

유엔 사무총장 이름이 '코피 난다'라니, 참 재미있죠? 그런데 진짜 코피 날 만큼 열심히 일했던 유엔 사무총장님이 있었어요. 그분 이름은 바로 '코피 아난'이에요. 약소국인 가나 출신이지만 세계 평화에 크게 기여해서, 아직도 그 이름을 기억하는 사람이 많답니다. 사무총장 재직 중에 노벨 평화상도 받았어요.

"미국 대통령이? 전화기를 이리 줘요. 큰큰."

"여기 있습니다, 총장님."

"총장입니다. 네, 네. 아, 지금 좀 바쁘니까 요건만 간단하게 말합
시다. 큰큰."

코피 난다 총장은 전화기를 턱과 어깨 사이에 끼우고는 노트북
으로 보고 자료를 검토하며 통화했다. 그때 스마트폰에서 새 메일
이 왔다는 알림 소리가 울렸다. 코피 난다는 통화를 하며 노트북
화면에 뜬 이메일을 열어 보았다.

○ ○ ○   ✉

FROM : m***3@save_earth.org

TO : coffee_nanda@united_nations.org

TITLE : [필독!] 세상을 구하는 제안입니다.

안녕하시오, 총장.

이 편지는 영국에서 최초로 시작되어 받는 사람에게 행운을
가져다주었소. 혹 미신이라 생각할지 모르겠지만, 분명한 사실
이오. 지구와 인류를 바로잡을 완벽한 계획이 나에게 있소. 그
계획을 이제 집행하고자 하니 나에게 반드시 긍정적인 답신을

보내시고, 주요 8개국의 지도자에게도 4일 안에 이 편지를 복사해서 보내시오. 만일 내 말을 따르지 않는다면 대한민국 수도 서울의 강남에서 큰 난리가 일어날 것이오. 그 책임은 물론 당신에게 있소.

지구의 영원한 행복을 빌며.

"이게 무슨 말도 안 되는 소리야?! 쿵쿵. 아니, 대통령 당신에게 하는 소리가 아닙니다. 어느 정신 나간 녀석이 인류를 구하는 방법을 안다며 나에게 협박 이메일을 보낸 거 있죠. 쿵쿵."

미국 대통령과 전화를 끊은 코피 난다 총장은 좌석을 눕혀 잠을 청하며 중얼거렸다.

"음냐…… 긍정적인 답신을 안 보내면 서울 강남을 어떻게 한다고? 쿵쿵. 그게 말이냐, 방귀냐. 쿵쿵."

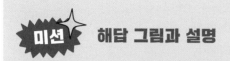

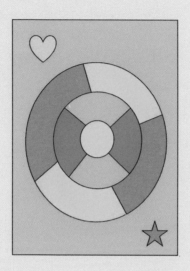

빈손이 코딩 배틀 결승전에서
놀라운 능력으로 풀어낸 문제의 답이에요!

여러분은 혹시 답을 찾아내셨나요? '쉽게 풀겠는데?' 하면서 도전한 분
도 있을 텐데, 아마 여러 번 색칠했다 지우길 반복해도 정답을 찾기 어려
웠을 거예요. '각 칸을 분홍, 노랑, 초록, 파랑 네 가지 색으로만 칠해야 함.
하나의 칸에는 하나의 색만 사용해야 하고, 선으로 맞닿은 칸들은 같은
색으로 칠해선 안 됨.' 이 규칙 아래에서, 네 가지 색으로 이 그림 속 모든
도형을 칠할 수 있다는 사실은 코딩을 통해서 증명되었어요. 이처럼 코딩
을 활용하면, 무수히 많은 경우의 수를 사람이 하나하나 확인하는 수고
를 덜 수 있습니다.

2

우분투,
위기에 빠지다

 # 보스의 계획

삐빅!

최면에 걸린 성준이 빨간 눈동자로 노트북 화면 속 '완벽한 계획'을 숙지하고 있을 때, 옆에 있는 또 다른 노트북에서 알림 소리가 울렸다. 옆에서 졸고 있던 밥과 버거는 허둥지둥 노트북을 열고는 엔터 키를 눌렀다. 벽 스크린에 보스의 이모티콘이 나타났다.

"네, 보스. 밥입니다. 버거와 성준도 옆에 있습니다."

"밥과 버거, 그리고 성준. 오케이."

한층 가라앉은 보스의 목소리에, 밥이 조심스레 대답했다.

"보스…… 호, 혹시 뭐 안 좋은 일 있으십니까?"

"안 좋은 일? 흠, 있었지. 감히 그자가 나에게……."

"네?"

"이걸 읽어 봐라."

스크린에서 보스의 이모티콘이 사라지고 이메일 화면이 떴다. 밥이 앞으로 나서서 메일을 읽었다.

"나는 종종 이런 메일을 받지요. 보통은 그냥 장난 메일인데, 이번에는 좀 특이한 것 같아 특별히 답장을 보냅니다. 세계인은 이미 스스로 문제들을 해결하고자 노력하고 있는데, 대체 당신이 무얼 바로잡겠다는 것인지 모르겠군요. 문제가 있다 해도 그건 세계의 중재자로서 권한을 가진 내가 해결할 일이지, 정체도 알 수 없는 당신 같은 자가 어떻게 세상을 구할 수 있겠습니까? 당신은 세상을 구하려 하기보다는, 내 코피를 멈추게 할 약이나 화장지나 좀 챙겨 보내 주는 게 낫겠어요."

눈치를 보며 메일 내용을 읽은 밥은 물론, 버거와 성준 모두 아무 말도 하지 않았다. 누가 보아도 보스를 조롱하는 내용이었다.

"너희도 알겠지? 나를 깔보는 이자의 태도를. 최대한 예의를 차려 메일을 보냈는데 이렇게 날 무시하다니……. 좋아, 본때를 보여 주겠다."

보스의 이모티콘은 분노를 못 이겨 붉으락푸르락했다.

"보스, 이건 누구에게서 온 이메일입니까?"

"유엔 사무총장, 코피 난다."

예상치 못한 이름이 나오자 밥과 버거는 입을 떡 벌렸다.

"어, 어떻게 유엔 사무총장에게 본때를……."

밥이 깜짝 놀라 우물쭈물하며 말했다.

"서울 강남대로를 난장판으로 만든다."

보스는 그렇게 말하고는 잠시 침묵하다가 다시 입을 열었다.

"성준."

"네, 보스."

"준비해라."

"알겠습니다, 보스."

빨간 눈을 부릅뜬 성준이 의미심장한 웃음을 보이며 대답했다.

 ## 노빈손, 화이트 해커 조직에 들어가다

"으으, 불편해."

빈손은 등에 키보드를 붙인 채 비니타 옆에서 걸었다. 등에 키보드가 딱 붙어 있으니 한여름이 아닌데도 땀이 줄줄 흘렀다. 그런데 이상하게도 코딩 배틀에서 키보드를 사용할 때 느꼈던 쾌감을 떨쳐 낼 수 없었다. 키보드를 얼른 몸에서 떼어 내고 싶다는 생각이 드는 한편으로, 그 알 수 없는 초능력을 다시 한번 경험하고 싶단 생각이 들었다. 이상한 일을 겪으면서 한껏 긴장했던 몸이 문득 날아갈 듯 가벼워졌다.

"신난다~!"

빈손은 길 한복판에서 내키는 대로 소리를 질렀다.

"뭐야, 빈손. 시끄럽드론!"

"야, 이게 뭐가 시끄럽다고 그래. 그리고 나 빈손 아니고 성준이 거든?"

"거짓말하지 말드론. 성준 아니라 빈손이드론."

"오올~ 이제는 안 속네."

"다 방법이 있드론."

셀카드론이 자신만만한 목소리로 말했다. 비니타가 그 모습을 보며 웃었다.

"근데요, 비니타."

"왜요, 빈손?"

"비니타와 성준, 두 사람 중 누가 더 코딩을 잘해요?"

"흐음, 처음 들어 보는 질문이네요. 정확히 말하자면, 별로 의미 없는 질문이에요. 프로그래머마다 각기 잘하는 분야가 다 다르니까요."

"엥? 프로그래머들은 코딩이라면 뭐든 잘하는 게 아니었어요?"

"각자 특히 잘하는 분야가 따로 있죠. 코딩이라는 영역 안에도 아주 많은 분야가 있어요. 그중 어느 쪽을 더 많이 공부했느냐에 따라 전문 분야가 달라지죠. 알다시피 성준은 코딩 배틀의 최강자예요. 문제 해결 능력이 뛰어난 친구죠. 평소에는 게임 회사에서 일하고요. 곧 만나게 될 또 다른 친구를 포함해, 프로그래머들은 각자 고유의 전문 분야에서 두각을 나타내며 일하고 있어요."

빈손 일행은 모퉁이를 돌아 골목길에 접어들었다. 비니타가 한 붉은 벽돌 건물 앞에서 걸음을 멈추더니 현관문을 열고 들어가 지하로 향했다. 빈손과 셀카드론도 서둘러 따라 들어갔다.

거무튀튀한 철문을 열고 들어선 지하실은, 밖에서는 예상하기 힘든 모습이었다. 널찍한 방의 한쪽 벽에는 커다란 모니터가 달려 있고, 데스크톱과 노트북 컴퓨터가 놓인 테이블이 여러 대 있었다. 그 밖에도 다양한 전자 기기들이 곳곳에 놓여 있었다. 구석의 선반에는 갖가지 과자와 초콜릿 등 간식거리가 갖춰져 있고, 큼직한 안락의자도 있었다. 빈손은 선반으로 달려가 간식을 한 주먹 쥐고는 안락의자로 냉큼 달려갔다.

"와, 비니타. 이게 다 뭐예요? 퀴퀴한 지하실인 줄 알았는데, 끝내주는 공간이잖아요?"

"우분투의 아지트에 온 걸 환영해요, 빈손."

실내 곳곳을 정신없이 기웃거리던 빈손이 비나타의 목소리를 듣고 정신을 차렸다.

"우분투?"

"그래요, 우분투. 우리 모임의 이름이죠. 우분투는 우리가 살고 있는 세계를 나쁜 해커들로부터 지키기 위해 뭉친 화이트 해커들의 조직이에요. 각자 자기 위치에서 프로그래머로 활동하면서, 이렇게 비밀리에 온라인으로도 활동을 하고 있죠. 이곳은 우리 우분투가 서울에 만들어 둔 아지트예요."

"우왓, 아지트라고요? 그럼 당신들은 혹시 스, 스파이……?"

"하하! 그런 건 아니니 걱정 말아요. 여길 잠깐 볼래요?"

사람들을 괴롭히는 해커와 달리, 사회에 긍정적인 영향을 주는 '화이트 해커'라는 존재도 있어요. 사이버 공격에 대응하거나, 앱들의 심각한 버그를 미리 찾아 내 알려 주고 고치는 역할을 하죠. 물론 화이트 해커들도 사회적 규칙을 어겨 물의를 일으키는 경우가 종종 있답니다.

비니타가 노트북을 열고 어떤 앱을 클릭하자 벽의 모니터에 영상이 나타나기 시작했다. 화면이 두 개로 나뉘더니 비니타와 빈손의 모습이 화면 왼쪽에 나타났고, 화면 오른쪽에는 한 외국인이 나타났다. 'Hello World'라는 글자가 새겨진 반팔 티셔츠 차림의 젊은 흑인 남자였다.

"안녕! 오랜만이야, 콘."

"헬로! 어쩌고저쩌고 블라블라~!"

비니타가 반갑게 인사하자, 화면에 보이는 남자 역시 반가운 얼굴로 무어라 말을 했다. 그는 영어로 말했는데, 너무 빨라서 빈손은 '헬로' 다음에는 무슨 말인지 알아듣지 못했다.

"빈손, 이 무선 이어폰을 껴 봐요."

"네? 이건 왜……."

빈손은 건네받은 이어폰을 오른쪽 귀에 꼈다. 그러자 콘이 말하는 영어가 한국어로 바뀌어 들렸다.

"와! 말하는 게 바로바로 통역이 되는군요. 신기해요!"

빈손이 감탄 어린 목소리로 외치자, 모니터 속 콘이 의아해하며 대답했다.

"성준. 왜 갑자기 이런 걸로 놀라는 거야, 맨?"

"하하하! 콘, 새로운 친구를 소개할게. 빈손, 인사하시겠어요?"

비니타의 말에 빈손이 목을 가다듬고는 입을 열었다.

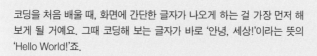

코딩을 처음 배울 때, 화면에 간단한 글자가 나오게 하는 걸 가장 먼저 해보게 될 거예요. 그때 코딩해 보는 글자가 바로 '안녕, 세상!'이라는 뜻의 'Hello World!'죠.

71

"아! 아! 안녕하세요. 저는 노빈손이라고 해요."

빈손이 자기소개를 마치자, 콘이 이상하다는 듯 고개를 갸우뚱했다.

"오우~ 이건 새로운 K-농담이야, 매앤?"

"농담 아냐, 콘. 성준과 똑같이 생겼지만, 오늘 처음 본 친구야."

"정말? 이럴 수가! 근데 비니타. 우리 모임의 존재를 알리는 건 보안 규칙에 어긋난다고, 맨!"

"괜찮아, 콘. 빈손을 이리로 데려온 데는 다 이유가 있어. 이거 보이지?"

비니타는 빈손의 몸을 홱 돌려 등에 붙은 키보드를 콘에게 보여 주었다.

"오잉? 황금키보드 모조품이라도 산 거야, 미스터 빈손?"

비니타는 진지한 눈빛으로 콘에게 말했다.

"콘. 내가 보기에 이건, 서울에서 진행된 프로그래머 콘퍼런스 직후 분실된 진품 황금키보드야."

"왓? 또 K-농담을 시도하는 거야, 매앤?"

어깨를 으쓱해 보이며 큭큭 웃던 콘은, 비니타가 입을 다물고 근엄한 표정을 짓자 곧 웃음기를 거두었다.

"진짜 황금키보드라고? 근데 이걸 왜 빈손이 갖고 있어, 맨?"

콘은 손으로 입을 틀어막고는 놀란 표정을 지었다.

"자세한 건 좀 이따 설명해 줄 테니, 우선 빈손에게 네 소개를 해 줄래?"

"알았어, 비니타. 헬로, 미스터 빈손? 난 네가 정말로 성준인 줄 알았어. 뒤에 셀카드론까지 있으니 말이야. 기분 나빴다면 사과할게, 매앤!"

"괜찮아요, 콘. 내가 보기에도 성준과 나는 너무나 닮았어요. 동글동글한 동안에, 멋진 헤어스타일, 게다가 천재적인 기질까지 말이죠!"

"오우, 자신감 넘치는 것까지 성준과 똑 닮았는걸, 매앤! 큭큭, 내 소개를 하지. 난 '컨트롤 맨'이라고 해. 물론 가명이지. 그냥 줄여서 '콘'이라고 부르면 돼. 캐나다에서 태어났는데 지금은 미국 샌프란시스코에 살고 있고, 전문 분야는 하드웨어 쪽이야. 지금 네 뒤에서 윙윙대는 저 셀카드론의 부품도 내가 제공한 거라고. 저 녀석, 대단하지 않아, 맨?"

"음, 글쎄요. 똘똘해 보이긴 하는데, 자꾸 나와 성준을 헷갈리는 걸 보면……. 그래도 프로펠러 성능 하난 끝내주는 것 같아요. 윙윙대는 소리가 엄청 시끄럽더라고요."

"쯧쯧. 성준이 모드 설정을 또 대충 해 두었나 보군. 참, 비니타는 자기소개 했어?"

"아, 깜빡했네요. 빈손, 저는 우분투의 리더예요. 원래는 영국에

서 컴퓨터과학을 전공하면서 컴퓨터의 역사를 공부했죠. 그때 초
창기 인공지능에 대해서도 꽤 연구했어요. 그러다 어떤 일을 좀 겪
고 나서 머리도 식힐 겸, 정보통신 강국인 한국으로 건너와 프로
그래머로 활동하게 됐죠. 지금은 이렇게 모임을 결성해 온라인 세
상을 지키는 화이트 해커로 일하고 있어요. 모임이라 해 봤자 저와
콘, 성준 이렇게 셋뿐이지만요."

"헤이, 비니타. 인도 전통 무술인 칼라리 파야트의 마스터라는
사실은 왜 빼놓는 거야?"

"그런 건 차차 알아 가도 된다고. 빈손, 저 무서운 사람 아니니
걱정 말아요, 후훗."

"아, 네…… 알겠습니다, 비니타 님!"

"큭큭, 빈손. 비니타는 악당에게만 무력을 사용하니 겁먹을 필요
없다고, 매앤! 그나저나 성준은 어디로 간 거야? 얼굴 본 지 오래돼
서 보고 싶네."

콘의 물음에 비니타가 답했다.

"아까 콘퍼런스장에서 만났는데, 코딩 배틀 출전을 나한테 맡기
고는 어디론가 사라졌어. 급한 일이 있어서 먼저 갔으니 걱정 말라
고 문자만 보냈더라고."

"그래? 성준은 게임 개발에 집중할 때면 이따금 잠수를 타곤 하
니까. 할 거 다 하면 연락 주겠지, 맨."

황금키보드와의 약속

"빈손. 그 키보드, 자세히 보고 싶은데?"

콘이 황금키보드에 흥미를 보이자, 빈손은 비니타에게 자신의 등을 들이댔다. 비니타는 행사장에서 했던 것처럼 키보드를 등에서 팔로, 팔에서 손으로, 다시 팔로, 등으로 쭉쭉 밀어 옮겼다.

"와우! 그건 새로운 K-서커스야, 매앤?"

콘은 둘의 행동을 흥미로워하며 물었다.

"이 키보드가 아까부터 내 몸에서 안 떨어져요."

빈손은 황금키보드가 달라붙은 오른손을 모니터 앞에서 흔들어 보였다.

"대단한데? 역시 예사롭지 않은 물건이야, 맨. 전설에 저런 것도 있었나?"

"아니, 나도 처음 알았어. 빈손에게서 이걸 떼어 내야 하는데 어째야 할지 몰라서 이리로 데려온 거야. 같이 머리를 맞대고 방법을 좀 찾아보자고."

"헤이, 비니타. 황금키보드의 전설에 대해 제일 잘 아는 건 너잖아, 맨?"

"그렇긴 한데, 잡슈의 흔적을 찾다 보면 뭔가 더 알게 되지 않을까 해서."

"오케이. 정보 검색은 나한테 맡기라고, 매앤!"

콘은 대화를 끝내자마자 키보드를 열심히 두드리기 시작했다.

"이야아아아압~!"

"으악, 그만! 진짜 아프다고요!"

비니타의 기합 소리와 빈손의 고함 소리가 아지트에 울려 퍼졌다. 콘은 황금키보드에 대해 여러모로 검색해 봤지만 이미 알고 있는 것 이상의 내용은 나오지 않았고, 이제는 빈손과 비니타가 씨름하는 모습을 보며 응원만 하고 있었다. 힘껏 잡아당겨 보고, 키보드에 물도 묻혀 보고 미끌미끌한 기름도 발라 봤지만 좀처럼 떨어지지 않았다. 너무 아파 빈손의 눈에서는 눈물이 찔끔 나왔다.

"오우, 아프겠다, 매앤! 아직 진전이 없는 거야?"

과자를 와삭와삭 씹으며 강 건너 불구경하듯 말하는 콘이 밉살스러웠지만, 빈손은 온몸이 욱신욱신해서 대꾸할 기운도 없었다.

"후아~ 비니타. 이렇게 힘만 쓰는 건 소용없을 것 같아요."

빈손은 의자에 털썩 주저앉았다. 등받이에 키보드가 탁 부딪혀 빈손은 또다시 눈물이 찔끔 났다. 버둥대며 등을 문지르던 빈손에게 문득 아이디어가 떠올랐다.

　"비니타, 황금키보드의 초능력이 나타날 때 떼어 내는 걸 시도해 보면 어떨까요?"

　"음······ 그 방법도 생각해 봤지만, 아무래도 위험해요. 우리는 황금키보드에 대해 아직 모르는 게 많거든요. 자칫 잘못되면 빈손도 다치고 키보드에도 어떤 문제가 생길지 몰라요."

"그래도…… 혹시 모르니 한번 시도해 봐요, 우리."

빈손의 간절한 부탁에도 비니타는 한동안 주저했다. 하지만 별다른 방법이 떠오르지 않자 결국 고개를 끄덕였다.

"알겠어요. 그럼 준비해 볼게요."

비니타의 도움으로 등에 있던 키보드를 다시 손으로 옮긴 빈손은, 컴퓨터 앞 의자에 바른 자세로 앉아 키보드가 붙은 손을 책상 위에 얹었다. 비니타가 키보드를 컴퓨터에 연결했다.

"준비됐죠?"

"그럼요."

"그럼 다시 아까 그 능력을 발휘해 봐요. 혹시라도 뭔가 잘못되는 것 같으면 즉시 신호를 줘요."

비니타가 빈손에게 몇 번이나 신신당부했다. 빈손이 걱정 말라며 고개를 끄덕이자 비니타가 조심스레 컴퓨터 전원을 켰다.

막상 다시 능력을 발휘하자니 빈손도 긴장했다. 코딩 배틀 때는 자기도 모르게 초능력이 발휘되었을 뿐, 스스로 의도했던 것은 아니었다. 빈손은 눈을 감고 대회장에서 경험한 그 느낌을 되살려 보려 했다.

"흠, 비니타. 안 되는 것 같은데…… 어어~!"

빈손은 아까는 겪지 못한 새로운 느낌을 받았다. 갑자기 정신이 아득해지면서 앞에 있는 비니타가 점점 흐릿하게 보였다.

'왜 이렇게 나른하지? 너무 졸려…… 음냐음냐…….'

그때였다.

"야, 이 녀석아!"

쩌렁쩌렁한 목소리가 머릿속에서 울려 퍼졌다. 빈손은 깜짝 놀라 정신이 번쩍 들었다.

"으악! 누, 누구세요?!"

"누구긴 누구야! 네 몸에 붙어 있는 늙은이다."

"네? 제 몸에 붙었다고요?"

빈손은 분명 입으로 말하고 있는 것 같은데, 말소리가 머릿속에서만 울리는 느낌이 들었다. 자기에게 말을 건 사람이 누구인지 궁금했다. 화가 난 듯한 할아버지의 목소리가 다시 들려왔다.

"네 몸에 붙은 게 이 황금키보드 말고 더 있느냐!"

"뭐? 키보드가 사람처럼 말을 한다고?"

"이런 버르장머리 없는 녀석! 어디서 감히 어르신한테 반말을 하느냐?"

성난 목소리가 계속해서 빈손의 머릿속에서 울렸다.

"아, 알았어요! 알았으니까 진정 좀 하세요. 머릿속이 너무 울린단 말이에요."

빈손의 호소에 성난 목소리가 잦아들더니, 잠시 후 뭉게뭉게 피어오르는 연기 속에서 누군가 모습을 드러냈다. 하얀 턱수염이 길게 난 산신령 같은 모습이었다.

"앗, 할아버지는 누구세요? 설마 할아버지가…… 황금키보드의 주인?!"

"주인이 아니라 내가 황금키보드 자체다, 요 녀석아! 네놈이 자꾸 날 떼어 내려고 해서 혼 좀 내 주려고 왔느니라."

빈손은 어이가 없었다.

"아니, 저한테 딱 달라붙어서 엄청 불편하게 해 놓고는 혼을 내신다뇨? 에이, 퉤퉤. 떨어져요, 떨어져!"

"어허, 이놈이! 내가 능력을 줄 땐 좋다고 막 쓰더니, 이제 와서 떨어지라고? 녀석이 생긴 게 귀여워서 잡슈를 뛰어넘는 능력을 줬더니만, 이제 와서 배은망덕하게 나를 버리려고 하다니! 떼잉~."

"앗, 잠시만요. 잡슈는 영국 사람이라고 들었는데……. 그럼 할아버지도 영국 할아버지여야지, 왜 우리나라 산신령 같은 모습을 하고 있는 거죠? 딱 걸렸어요!"

"이 녀석이 점점……. 내가 영국 할아버지든 한국 할아버지든 네놈이 무슨 상관이냐? 감히 내 외모를 지적하다니, 떼잉! 자꾸 그러면 코딩 초능력이고 뭐고, 너를 확 떠나 버릴 테다!"

"어어, 할아버지! 제가 잘못했어요. 우리 다시 차근차근 얘기해 보자고요."

빈손은 노인의 협박을 듣고는 다급하게 외쳤다. 코딩 초능력의 신비한 느낌을 잃고 싶지 않다는 생각이 뇌리를 스쳤다.

"크흠, 진작 그렇게 나올 것이지! 너는 말이다, 내가 오랜만에 찾은 적임자야. 난 나와 잘 맞는 인간에게만 코딩 능력을 주지. 너무 오랫동안 인간 파트너를 찾지 못하면 나도 사라지고 마는데, 마침 네놈이 떡하니 나타난 게야."

"아하, 그렇군요……. 근데 왜 제가 할아버지와 딱 맞는 사람인가요?"

"그건 말이다…… 나쁜 의도를 갖지 않은 순수한 인간, 머리가 순결하게 텅텅 비어서 새로운 코딩 능력을 심기 쉬운 인간이기 때문이지. 우연인지 필연인지 헤어스타일도 비슷하고 말이다, 엣헴."

머리가 텅텅 비어서 선택받았다니 기뻐해야 할지 슬퍼해야 할지 알 수 없었지만, 어쨌든 빈손은 노인의, 황금키보드의 실체를 알 수 있었다.

"그렇군요, 이해했어요! 그런데 할아버지가 제 몸에 딱 달라붙어 있어야만 능력이 나타나나요?"

"당연하지! 왜, 불만 있느냐?"

"네? 그런 게 아니라……. 그럼 제가 황금키보드를 바닥에 막 내려치거나, 단단한 벽에 쾅쾅 때리거나 하면 할아버지도 아프지 않을까요?"

"난 전혀 상관없다만?"

"우쒸, 그럼 저만 힘들잖아요! 샤워할 때도 키보드로 비누칠을 해야 할 판인데……."

"이 녀석아, 엄청난 재능을 가질 수 있는데 뭐가 불만인 거냐? 떼잉~ 달라붙어 있기만 하고 능력은 빼앗아 버릴까 보다!"

할아버지가 삐친 말투로 협박하자 빈손은 다급하게 외쳤다.

"아, 알았어요. 항복! 항복! 제 몸에 영원히 꼭 붙어 계시면 좋겠어요!"

"크흠, 이제야 말을 고분고분 듣는군. 좋다, 이제 네가 원할 때는 잠깐씩 떨어져 있어 주마. 그렇다고 아주 떨어지는 건 아니니 도망칠 생각일랑 접어 두는 좋을 게야."

"정말요? 그것만 해도 감지덕지죠. 헤헤~ 고맙습니다!"

"그리고 또 하나. 언제든 뛰어난 능력을 꺼내 쓸 수 있도록, 머릿속에다 프로그래머의 지식을 죄다 넣어 주지. 당분간 지켜보고 있겠느니라!"

그 말을 끝으로 노인은 빈손의 시야에서 사라졌다. 흐릿했던 정신이 서서히 맑아지면서 이윽고 비니타의 얼굴이 눈에 들어왔다.

빈손, 코딩 천재가 되다

"빈손! 왜 이래요? 정신 좀 차려 봐요!"

비니타는 소리 지르며 빈손의 어깨를 흔들어 댔다.

"우어어…… 비니타, 그만! 그만! 어지러우니 그만 흔들어요."

"괜찮아요, 빈손? 갑자기 정신을 잃어서 큰일 난 줄 알았잖아요."

그때 셀카드론이 시끄럽게 붕붕거리며 소리쳤다.

"떨어졌드론! 떨어졌드론!"

빈손의 손을 떠나 책상 위에 홀로 놓인 키보드를 보며 세 사람은 눈이 동그래졌다.

"빈손, 대체 무슨 일이 일어난 거예요?"

"그게…… 있잖아요, 저 키보드랑 얘기를 나눴어요."

"네? 그게 무슨 말이에요?"

어리둥절해하는 비니타와 콘에게, 빈손은 노인과 나눈 머릿속 이야기를 들려주었다.

"그럼 황금키보드에 영혼이 있다는 거잖아요? 지금까지 알려진 전설은 아무것도 아닐 정도로 놀라운 이야긴데요?!"

비니타는 한껏 흥분한 채 말했다.

"와우! 그럼 빈손도 천재 프로그래머가 된 거야, 매앤? 어디, 이 문제 한번 풀어 볼래?"

콘은 자기가 얼마 전 어렵사리 풀었던 코딩 배틀 문제를 모니터에 띄웠다.

"잘 들어 봐. 이 체스 판에 8개의 퀸을 넣어야 해. 단, 각각의 퀸은 서로 한 번에 잡아먹히지 않도록 배치해야 하고. 참고로, 퀸은 체스 판 위에서 가로나 세로 또는 대각선 방향으로, 자유롭게 직선으로 나아갈 수 있어. 자, 그럼 황금키보드의 영혼에게서 받은 코딩 초능력으로 이 문제를 해결해 보라고, 매앤!"

빈손은 황금키보드 위에 손가락을 살포시 얹었다. 그러자 코딩 배틀 결승전 때처럼 눈에서 초록빛이 났다.

"어디 보자……. 일단 퀸을 여기저기 올려 보고, 정답이 아니면 다른 곳에 놓아 보고, 또 아니면 또 다른 곳에 놓아 보고, 이걸 반복적으로 해 보면 되겠지? 어푸푸~ 내가 지금 뭐라고 중얼거리고 있는 거지?"

갑자기 똑똑해진 빈손은 자기도 모르게 해결 방안을 중얼거리며 자판을 두드리기 시작했다. 빈손의 손놀림에 따라 화면이 휙휙 변했다. 빈손의 손이 빠른 속도로 황금키보드 위에서 춤추자, 검은 바탕 위에 초록색 글씨가 한가득 적혀 내려갔다.

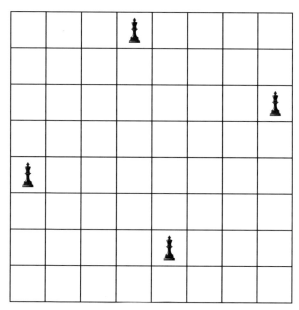

"역시 패턴이 존재하는구나. 이 패턴대로라면, 음…… 여기, 여기, …… 퀸을 두는 게 좋겠어."

빈손이 금세 정답을 알아내자, 모니터 속 콘은 깜짝 놀라 소리를 질렀다.

"오, 지저스! 전설이 사실이었어. 완전 마법 같은 일이야, 매앤!"

빈손의 눈이 곧 원래 색으로 돌아왔다. 긴장이 풀리면서 몸은 축 늘어졌지만, 천재 프로그래머가 되었다는 사실에 빈손은 뛸 듯이 기뻤다.

"정말 내가 코딩 천재가 된 건가? 우앙~ 내가 천재 프로그래머가 되다니……. 엄마, 아빠, 말숙아! 나 드디어 천재가 됐어!"

그때, 방방 뛰는 빈손의 등으로 황금키보드가 날아와 척 들러붙었다.

"아, 뭐야! 키보드 할아버지, 너무 빡빡하게 구시는 거 아니에요? 어휴, 정말!"

 ## 수상한 움직임

마법 같은 빈손의 코딩 실력에 감탄하느라 정신이 없는 사이, 콘의 또 다른 컴퓨터에서 평소와는 다른 정보가 감지됐다.

"앗, 이건 뭐지? 비니타, 이거 좀 봐."

"무슨 일이야?"

콘이 비니타의 채팅 앱으로 웹페이지 링크를 보내자, 비니타는 서둘러 링크를 열어 보았다.

"예선에 성준이 만들었던 드론들, 기억나?"

"물론 기억나지. 성준이 한때 드론에 꽂혀서는 밥도 안 먹고 드론만 연구하고 만들고 그랬잖아. 셀카드론까지 만들 정도였으니. 그때 올림픽 개막식 중계방송을 보다가 수많은 드론들로 연출한 멋진 광경을 보고는 넋이 나갔던 거지, 아마?"

"맞아. 자기가 그것보다 더 멋진 장면을 연출해 보겠다며 드론을 수도 없이 만들어 댔지. 며칠 그러다 말겠지 했는데, 웬걸. 밤낮으로 만들다가 쓰러져 버렸잖아. 병원에서 며칠 쉬고 나오더니, 그 다음엔 딴 데에 꽂혀서 드론에는 관심도 안 주고 말야, 맨."

"어휴, 그때 성준 때문에 고생했던 거 생각하면……. 집 안팎에 쌓인 드론들을 치워야 한다며 도와달래서 가 봤더니 양이 어마어마하더라고. 여기서 한 50킬로미터 떨어진 곳에 있는 창고로 그것들을 옮기느라, 자그마한 내 차로 수십 번은 왔다 갔다 했다니까. 근데, 드론 얘기는 왜 꺼낸 거야?"

"아, 맞다. 그 드론들이 지금 단체로 움직이기 시작한 것 같아."

"뭐라고?"

비니타가 화면을 들여다보는데, 옆에 있던 빈손이 말했다.

"경기도군요. 그리고 지금 우리 위치는…… 표시를 어떻게 하지? 아, 이거구나. 짠! 이렇게 하면……."

자기도 모르게 프로그래머 모드로 전환한 빈손은 황금키보드를 이용해 지도를 조작했다.

"서울 쪽으로 날아오고 있는 것 같은데?"

비니타가 한층 더 심각해진 표정으로 말하자 빈손이 맞장구쳤다.

"맞아요, 이쪽으로 이동하고 있네요. 근데 빨간 점이 너무너무 많은데요? 이게 다 드론이란 말이에요? 도대체 몇 대길래……."

드론이 단체로 움직이는 장면을 본 적 있죠? 이것도 코딩을 통해 이루어져요. 각 드론의 위치를 알기 위한 GPS, 주변 사물을 파악하는 센서 등을 이용하여 코딩을 하고, 그 앱을 드론에 넣는 방식이죠. 드론 쇼는 이처럼 정확한 시간에 정확한 위치로 드론들을 이동시키는 기술 덕분에 가능한 거랍니다.

"아마 천 대는 너끈히 넘을걸, 맨?"

"오우, 지저스!"

빈손은 콘의 말을 듣고는 깜짝 놀라 자신의 훤한 이마를 탁 쳤다.

"도대체 누가 조종하는 거지? 그때 분명 성준이 저 드론들을 관리하기 귀찮다면서 조종 권한을 우리한테 넘겼었는데……. 앗, 드론들이 잠시 후 이곳 상공을 지나갈 것 같아!"

비니타가 다급히 소리치더니 스마트폰 영상 채팅 앱을 켜고는, 빈손을 데리고 아지트를 나섰다. 셀카드론도 속도를 높여 빈손과 비니타를 급히 따라갔다. 건물 밖 지상으로 나서자 하늘에서 헬리콥터 소리 비슷한 굉음이 들려왔다. 소리는 점점 가까워졌고, 빈손과 비니타는 하늘을 쳐다보았다.

"오, 마이 갓드론……!"

셀카드론이 하늘을 뒤덮은 채 날아가는 제 친구들을 보더니 비명을 질렀다. 수많은 드론이 굉음을 내며 일렬로 날아가고 있었다. 끝이 보이지 않을 정도로 긴 행렬이었다.

"비니타, 저 드론들의 목적지가 어디일까요?"

"글쎄요, 그건 나도……. 콘! 드론들의 목적지를 알아냈어?"

비니타는 스마트폰에 대고 소리를 질렀다.

"진정하라고, 매앤! 귀청 떨어지겠어. 일단 계속 직진하고 있는데……. 앗, 속도가 급격히 줄고 있…… 어, 드디어 멈췄다! 저기가 어디지? 갱냄대로? '강남 스타일' 할 때 그 강남인가 봐, 맨!"

콘의 말에 비니타는 잠시 눈을 감고 생각했다. 작동시키지 않은 드론들이 갑자기 움직인다는 건, 게다가 인구 밀집 지역인 서울 강남으로 우르르 몰려간다는 건 아무리 생각해도 수상했다.

"우리의 시스템을 뚫고 통제권을 해킹할 정도면 상당한 실력자일 것 같은데? 뭔가 좋지 않은 일이 터질 것 같은 느낌이 들어. 아무래도 강남대로로 가 봐야겠어. 콘은 계속 통신을 유지하며 상황을 공유해 줘. 빈손은 황금키보드의 능력으로 우릴 도와줘요. 내가 빠르게 장비를 챙겨 올게요."

"엥? 직접 간다고요? 으아~ 난 좀 무서운데……. 원격으로 해결할 순 없나요?"

"콘은 지금 샌프란시스코에 있고, 현장에 갈 수 있는 건 나랑 빈손이잖아요. 큰일이 터지기 전에 얼른 가 보자고요!"

비니타는 머뭇대는 빈손의 손목을 붙들고 서둘러 아지트로 내려갔다.

 ## 드론으로 뒤덮인 강남대로

"헉헉! 조금만 쉬었다, 헉헉, 가면 안 돼요? 헉헉!"

빈손은 거의 탈진 직전이었다. 강남대로는 아지트의 인근이지만, 쉬지 않고 달려가기엔 먼 거리였다. 비니타는 노트북 가방을 메고, 빈손은 황금키보드를 등에 붙이고 달렸다. 빈손의 머리 위로는 셀카드론이 따라왔다.

"헉헉, 많이 힘들어요?"

비니타는 뜀박질을 멈추고는 빈손을 돌아보며 물었다.

"빈손, 체력이 저질이드론."

"헥헥! 시끄러워, 셀카드론!"

"거의 다 왔어요. 조금만 힘내요."

잠시 후 강남대로에 도착한 빈손 일행은 머리 위를 뒤덮은 드론 무리를 목격했다.

"세상에, 이게 무슨 일이야?!"

강남대로는 이미 아수라장이 되어 있었다. 드론들은 지면 가까이 내려와서 행인을 공격하고, 대로 양옆에 있는 건물을 들이받아 유리창을 깨뜨렸다. 여기저기서 비명이 들리고 불길이 치솟았다. 사람들은 이리저리 도망 다니고, 드론을 피하다가 사고를 내고 멈추어 선 차들로 도로는 엉망이 되었다.

"콘, 어찌 된 일인지 좀 알아냈어?"

"정확히는 모르겠어. 원격으로 조종을 하는 건 아닌 것 같고, 미리 드론들을 해킹해 둔 것 같아, 맨. 드론 하나를 잡아다가 조사해

보면 알 수도 있을 것 같은데⋯⋯."

콘이 평소와 달리 자신 없는 목소리로 대답했다. 그 말을 들은
비니타가 하늘과 땅에서 날뛰는 드론들을 잠시 쳐다보더니 빈손에
게 말했다.

"내 노트북을 잠시 맡아 줘요. 내가 어떻게 해서든 드론 한 대라
도 잡아 올 테니, 빈손은 날뛰는 드론들을 멈춰 세울 방법을 콘과

함께 알아봐 줘요."

비니타는 빈손이 말릴 새도 없이 드론들 속으로 뛰어들었다. 그러더니 교차로 한가운데에서 멈춰 선 차를 공격하던 드론을 향해 손가락을 까딱까딱하고는, 거의 날다시피 달려들었다.

"빈손, 비니타를 걱정하는드론?"

"깜짝이야!"

교차로에서 팔다리를 꺾고 뻗으며 드론을 상대하는 비니타의 모습을 보고 있던 빈손은, 갑자기 귓전으로 날아와 말을 거는 셀카드론에 화들짝 놀랐다.

"그렇게 걱정되면, 내가 비니타한테 가 보겠드론."

"그럴래? 좋아, 가서 비니타를 지켜 줘."

"알겠다드론."

셀카드론은 말을 마치자마자 드론들 사이를 헤치고 날아갔다. 그 모습을 보던 빈손의 머릿속에 문득 아이디어가 떠올랐다.

"콘! 셀카드론의 코드를 분석해 보면 다른 드론들이 어떻게 해킹당한 건지 추측할 수 있지 않을까요? 오잉? 나 지금 뭐라는 거니?!"

난데없이 똑똑해진 자신의 모습에 깜짝 놀란 빈손이 잠시 몸을 부르르 떨고는 다시 정신을 차렸다. 스마트폰에서는 짝짝짝, 박수 소리가 들려왔다.

"와우! 굿 아이디어, 매앤~! 같이 코드를 분석해 보자고. 근데 코

프로그래머가 만든 앱 설계도를 한 줄 한 줄 읽어 내려가며 살펴보는 걸 '코드를 분석한다'고 해요. 앱이 제대로 동작할지 자세히 확인하는 과정이죠. 예컨대 앱에 버그가 생겼거나, 앱을 좀 더 좋게 고쳐 보고 싶거나, 다른 프로그래머가 코딩한 것을 검토해 보고 싶을 때 코드를 분석해 보게 된답니다.

드를 어디에 저장해 뒀더라……. 맞다, 여기 들어가면 있을 거야."

콘은 빈손에게 인터넷 주소를 하나 보냈다. 접속하니 기다란 코드가 화면을 가득 채우고 있었다. 빈손은 비니타가 주고 간 노트북에 황금키보드를 연결했다. 빈손의 눈에 초록빛이 일렁였다.

"각 기능마다 'README.md', 그러니까 '날 읽어 줘' 파일들이 있네요. 이걸 읽으면 앱의 전체 구조를 알 수 있겠죠?"

"물론! 두말하면 잔소리지, 매앤!"

빈손은 잠시 눈을 감고, 황금키보드를 손가락으로 톡톡 건드리며 생각에 빠졌다.

"음…… 배터리 부분의 코드를 먼저 봐야겠어요."

빈손은 앱을 개발한 콘의 설명을 들으며 재빨리 코드를 이해했다. 난리가 계속되고 있는 주변 상황을 보자 서둘러 해결책을 찾아야 한다는 의무감이 들었다.

"콘. 배터리 전력량을 계산하는 부분이 의심스러운데, 어때요?"

빈손이 문제의 부분을 원격으로 공유해 보여 주자, 콘이 잠시 생각하더니 대답했다.

"빙고! 이 부분의 취약점을 뚫고 들어와서 드론들을 해킹한 거야, 맨!"

"좋아요. 그럼 여기를 고치고 드론들을 정상화시켜야겠어요. 비니타가 드론을 가져오면 우리 추측이 맞는지 확인해 보자고요."

'README.md 파일'이란, 앱 설계도를 이해하는 데 도움이 될 만한 정보들을 함께 넣어 두는 나침반 같은 글이에요. 앱을 누가 만들었는지, 어떻게 설치해야 하는지, 어떻게 사용하는지, 또는 지금까지 앱을 어떻게 고쳐왔는지 등 다양한 정보를 적어 넣는답니다.

빈손은 노트북 모니터에 뜬 영상 통화 화면을 보며 콘과 열심히 이야기를 나누었다. 그때, 눈앞에 무언가 툭 하고 떨어졌다. 바닥에서 반쯤 부서진 드론 한 대가 프로펠러를 푸드덕댔다.

"빈손! 벌써 해결책을 찾은 거예요? 대단한데요."

빈손이 고개를 들자, 비니타가 손을 탁탁 털며 기특하다는 듯 씩 웃고 있었다.

 ## 강남의 영웅들, 그리고 뜻밖의 약속

"와, 내가 없었다면 정말 큰일 날 뻔했군."

드론이 휩쓸고 간 현장을 둘러보던 빈손은 스스로 대견해하며 중얼거렸다. 빈손과 콘은 비니타가 잡아 온 드론의 코드를 재빨리 분석하고, 그들이 이미 발견해 둔 해킹의 방법을 역으로 활용하여 드론들을 멈추게 하는 앱을 급히 만들었다. 이로써 강남대로에서 벌어지던 드론들의 테러는 진압되었다.

"부상자가 두 명 더 있어요. 여기부터 도와주세요!"

"여기 구급상자 하나 더 필요합니다. 급해요!"

늦은 저녁, 강남대로에는 수십 대의 구급차와 경찰차가 출동해서 사고 현장을 수습하고 있었다. 부상자들을 병원으로 옮기고 난

장판이 된 도로를 정리하느라 곳곳에서 분주했다. 비니타는 사고 현장 곳곳을 뛰어다니며 수습을 도왔다.

비니타와 떨어져 여기저기 기웃대며 돌아다니던 빈손의 눈에, 조명이 환히 밝혀진 채 사람들이 웅성대는 모습이 보였다. 방송사 취재진이 현장 상황을 보도하고 있었다. '뉴스'라고 큼직하게 쓰인 카메라가 보이자, 빈손은 부리나케 그곳으로 달려갔다.

"전문가들의 말에 따르면, 드론의 제조사와 모델은 제각기 달라도 대부분 같은 앱을 탑재하고 있다고 합니다. …… 드론들을 이용해 강남대로에서 테러를 벌인 용의자가 누구인지는 아직 밝혀지지 않았습니다. 아울러 드론들이 일시에 공격을 멈추고 땅으로 추락한 이유도 아직 알 수 없습니다."

"앗, 그거 제가 했어요!"

빈손이 갑자기 고함을 치며 기자 쪽으로 달려갔다.

"제가 드론들의 공격을 막았어요!"

"잠시만요. 시청자 여러분, 자신이 드론들의 테러를 막았다고 주장하는 분이 나타났습니다. 바로 인터뷰를 진행해 보겠습니다. 누구시죠?"

"저는 노빈손이라고 합니다. 제가 이 드론들의 공격을 막았어요. 해킹으로요!"

빈손은 노트북과 키보드를 들어 보이며 의기양양하게 말했다.

그러고는 자신이 사용한 해킹 방법을 열심히 설명했다.

"혹시 누가 이 일을 벌였는지는 모르시나요?"

중얼중얼 설명하는 빈손의 말을 끊고 기자가 물었다.

"음, 그건 저도 몰라요. 당연히 착한 사람은 아니겠죠?"

"알겠습니다. 인터뷰에 응해 주셔서 감사합니다."

기자는 서둘러 인터뷰를 마치고는, 현장 상황을 정리하여 설명하기 시작했다.

"정리하자면, 사건 현장인 이곳 강남대로에서 노빈손이라는 한 시민이……."

빈손은 자신의 활약상을 보도하는 기자를 흐뭇한 표정으로 바라보았다. 잠시 후 스마트폰 알림 소리가 울렸다. 콘이 단체 영상 통화로 우분투 멤버를 호출한 것이었다. 통화에 응한 빈손과 비니타가 화면에 나타났다.

"빈손, 비니타! 지금 사우스 코리아의 여러 TV 뉴스에서 우리가 드론들을 잠재운 방법을 보도하는데? 어떻게 된 거지, 매앤?"

콘이 당황한 목소리로 말했다.

"아, 그거 내가 말해 준 거예요. 금방 인터뷰도 했는데, 화면발 잘 받았으려나?"

"왓? 오우 지저스! 아니, 빈손……."

자신감 넘치던 빈손은 콘과 비니타의 탄식을 듣고는 뭔가 잘못

됐음을 직감했다.

"내, 내가 뭘 잘못했나요?"

"두말하면 잔소리지, 매앤! 저 드론들은 우리가 관리하던 거잖아. 그게 시민들을 공격했다고. 자칫하다간 비밀 조직인 우리 우분투의 정체가 드러날 수 있단 말야, 맨!"

"콘의 말이 맞아요. 우리가 더 큰 피해를 막은 건 맞지만, 지금 그걸 자랑스럽게 떠벌릴 상황은 아니라고요."

콘에 이어 비니타까지 정색하며 빈손에게 한마디 했다.

"휴……. 이미 엎질러진 물이니 어쩔 수 없지만 그래도 앞으로는 조심해 줘요, 빈손. 아까 아지트에 도착해서 처음 인사 나눌 때 콘이 한 말, 기억하죠? 우분투의 존재를 알리는 건 우리의 보안 규칙에 어긋난다는 거. 우리 존재가 알려지면 나쁜 해커들을 막는 우리 활동이 제약받을 수 있어요."

"네, 비니타…… 조심할게요. 미안해요, 콘."

비니타의 말에 빈손은 기어드는 목소리로 사과했다.

"그건 그렇고…… 드론을 해킹한 건 누굴까, 맨? 창고에 드론이 있다는 사실은 어떻게 알았을까? 뭐 짚이는 거 없어, 비니타?"

콘은 드론 해킹 흔적을 계속 찾아보며 물었다.

"글쎄, 다른 흔적은 안 보이는데. 아이 참, 이렇게 중요한 순간에 성준은 어디서 뭘 하고 있는 거지?"

비니타는 연락조차 닿지 않는 성준을 원망하며 한숨을 쉬었다. 그때 한 남성이 다가와 빈손의 어깨를 톡톡 건드리며 말을 걸었다.

"잠시 말씀 좀 나눌 수 있을까요?"

말쑥한 정장 차림에 키가 훤칠한 남자가 빈손을 내려다보고 있었다.

"네? 누구세요?"

"아까 뉴스 인터뷰를 하신 노빈손 씨, 맞죠? 저는 이런 사람입니다."

남자가 재킷 안주머니에서 명함을 꺼내 내밀었다. 빈손은 영어로 쓰인 명함을 한참 들여다보다가 중얼거렸다.

"유, 유엔 어쩌구…… 동아시아……."

"유엔 사무총장 동아시아 담당 비서관, 피스 킴입니다."

"네에? 유, 유엔 사무총장……요?"

"그렇습니다. 빈손 씨의 인터뷰 증언을 듣고, 총장께서 그 드론 테러에 대해 묻고 싶은 게 있다고 하십니다. 내일 혹시 총장님을 만나 뵐 시간이 되시는지요?"

"와! 총장님이 저를요? 물론이……."

싱글벙글하며 흔쾌히 대답하려던 빈손은, 방금 비니타와 콘에게 혼난 게 떠올라 입을 닫았다.

"저기, 잠시만 기다려 주시겠어요?"

"네, 알겠습니다."

빈손은 뒤돌아 몇 걸음 걸어가서는 스마트폰에 대고 조용히 말했다.

"아, 아, 비니타?"

"무슨 일이에요, 빈손? 금방 유엔 어쩌고 하는 소리가 들리던데……."

"유엔 사무총장님이 나를 보고 싶어 한다는데요?"

"오우 지저스! 미스터 코피 난다가 빈손을? 잠깐만, 진짜인가 본데? 지금 검색해 보니 서울에서 공식 일정이 있어 한국에 도착했다네. 근데 왜 보자는 걸까?"

"비서 아저씨 얘기로는, 드론 테러에 대해 묻고 싶은 게 있다는데요?"

빈손의 대답에 비니타가 한숨을 쉬며 말했다.

"휴~ 너무 거물급 인사라 거절할 수 없겠네요. 무슨 일이 있을지 모르니 내가 같이 가는 게 좋겠어요."

"좋아요, 비니타! 혼자 가기엔 너무 무서워요. 세상에, 유엔 사무총장을 만난다니!"

빈손은 비서에게 다가갔다.

"저기, 비서 아저씨? 내일 제 친구랑 같이 가도 될까요?"

"네, 괜찮습니다. 명함 뒷면에 저희가 머무는 곳 주소를 적어 두었으니 그리로 오십시오."

비서는 가볍게 눈인사를 하고는 사라졌다. 비니타는 유엔 사무총장과의 만남을 앞두고 근심에 잠긴 채 밤을 맞았고, 빈손은 근심 반 호기심 반의 마음으로 싱숭생숭했다. 그렇게 길고 긴 하루가 마감되었다.

 ## 유엔 사무총장을 만나다

"반갑습니다, 킁킁. 아, 여러분에게 냄새가 나서 킁킁거리는 게 아니라, 제 코에 문제가 좀 있어서 그래요. 이해 부탁합니다, 킁킁. 자, 앉으세요."

서울의 한 호텔 귀빈실에서 코피 난다 총장과 빈손, 비니타가 만났다. 커다란 원탁에 푹신한 의자가 죽 놓여 있었고, 화이트보드가 있는 벽 쪽에 총장이 앉았다. 비니타와 빈손은 그 맞은편에 나란히 앉았다. 간단한 인사를 나눈 뒤, 총장의 질문으로 대화가 시작되었다.

"여러분이 어제 테러 사건을 해결했다고 들었습니다, 킁킁. 대단하군요!"

"네, 총장님. 여기 있는 빈손 씨의 활약으로 사태가 마무리되었습니다."

비니타는 미소를 띠며 자연스럽게 대답했다. 반면 빈손은 마른 침을 꿀꺽 삼키며 잔뜩 굳은 표정을 지었다. 실시간 자동 통역이 되는 무선 이어폰을 아지트에 두고 온 터라 두 사람의 대화를 알 아듣지 못해서 더 답답한 마음이었다.

"미스터 노, 고생 많았습니다."

"네…… 네?"

"빈손, 총장님이 고생 많았다고 칭찬하셨어요."

"아, 네……. 뭘요, 총장님. 헤헤."

잔뜩 주눅 들어 있던 빈손은 헤벌쭉 웃으며 대답했다.

"오늘 이렇게 여러분을 모신 이유를 말씀드리죠. 그젯밤 제가 이상한 내용의 이메일을 한 통 받았습니다. 서울의 강남에서 큰일 이 발생하리라는 협박이 적혀 있었어요."

"네? 협박요?"

"그런 메일은 종종 오니까 이번에도 장난이려니 했었죠. 협박 내 용이 실제로 일어난 건 이번이 처음입니다. 여러분이 서둘러 대응 해 준 덕에 더 큰 화를 면해서 얼마나 다행인지 모릅니다."

"저희는 시민의 한 사람으로서 해야 할 일을 했을 뿐입니다."

비니타는 여전히 자연스러운 미소를 보이며 대답했다. 빈손은 무슨 말인지 도통 알아듣지 못했지만, 두 사람이 웃으며 대화하는 것을 보고 좋은 이야기가 오가는 중이리라 짐작했다.

"그나저나 이런 종류의 일이 발생하면, 프로그래머들은 전부 미스터 노처럼 쉽게 해결할 수 있는 건가요?"

"이런 종류라는 건……?"

"그러니까…… 드론이나 이메일 해킹, 비밀 정보 탈취 같은 것들 말이에요."

"프로그래머마다 전문 분야가 달라서요, 모두가 빈손 씨처럼 해결할 수 있는 건 아닙니다. 저도 마찬가지고요."

"쿵쿵, 비나타 씨도 프로그래머인가 보군요? 이런 일에는 익숙하신가요?"

"네, 뭐…… 조금요."

총장은 계속해서 궁금한 걸 물어보았다. 드론 이야기부터 시작해서 개인적인 일까지 넘어가는 동안, 비나타는 최대한 친절하게 답해 주었다. 그때 빈손의 뱃속에서 부륵, 하고 요란한 신호가 울렸다. 처음 들어 보는 기분 나쁜 소리에, 총장을 비롯해 귀빈실 안에 있던 사람들이 다들 흠칫 놀랐다.

"아니, 무슨 소리지? 김 비서, 밖에 무슨 일이 벌어진 건 아닌지 확인 좀 해 보게."

"네, 총장님! 아, 아, 경호팀. VIP룸 주변에 위험 상황 발생 여부 확인 바람!"

갑자기 삼엄해진 분위기에 빈손은 개미 목소리로 털어놓았다.

"그게…… 아침에 시리얼이 너무 맛있길래 우유에 말아서 세 그릇이나 먹었더니……. 긴장해서 더 그런가 봐요. 죄송합니다!"

빈손의 말을 들은 비니타와 동아시아 담당 비서관이 이마를 탁 쳤다. 비서관은 총장에게 통역해서 보고했다.

"맙소사! 괜히 놀랐네요. 어제 큰일을 겪었던 터라…… 하하!"

총장은 가슴을 쓸어내리며 웃었다. 민망해진 빈손은 잠시 화장실에 다녀오겠다며 엉덩이를 틀어막은 채 밖으로 나갔다.

"휴우~ 뭔 소린지 못 알아들어서 답답해 죽겠는데 급똥까지 밀려오다니."

빈손이 화장실에 들어가 힘을 주던 그때, 바지 주머니 안에서 스마트폰 알림 소리가 울렸다. 화면을 보니 우분투 단체 채팅방에 영상이 하나 올라와 있었다. 콘이 올린 것이었다. 영상을 확인하던 빈손은 깜짝 놀랐다. 영상 속에서 자신과 똑같이 생긴 사람이 카메라 화면을 향해 찡긋 윙크를 하며 손가락으로 총을 쏘는 시늉을 했다. 곁에는 검은 정장 차림의 다른 두 사람이 함께 있었다.

"으엥? 이게 뭐야! 난 이런 적이 없는데?"

빈손이 당황하는 사이, 콘의 메시지가 떴다.

'어제 테러가 발생하기 직전, 강남대로 인근 골목의 CCTV에 찍힌 영상이야. 사건 현장 주변 CCTV에 뭔가 단서가 될 만한 게 잡했을까 싶어서, 폐쇄회로를 우회해서 해킹을 좀 해 봤지. 그랬더니 영상에서 성준의 모습이 보이지 뭐야. 빈손은 그 시간에 줄곧 비니타와 함께 있었으니, 영상 속 인물은 당연히 성준이겠지? 문제는, 경찰 쪽에서도 이미 이 영상을 확보했다는 거야. 한국의 수사 당국에서 이 사안에 대해 유엔 측과 긴밀히 정보를 공유하고 있으니, 곧 영상이 총장 쪽에 넘어갈 가능성이 크다고. 성준이 왜 저런 행동을 했는지는 모르겠는데, 아무튼 빈손이 성준과 똑같이 생겼으니 영상 속 인물로 지목되는 건 시간문제야. 한시가 급하니 얼른 거기를 빠져나와서 아지트로 돌아가라고, 매앤!'

'아니, 이게 무슨 소리야? 말도 안 돼! 잠깐, 그렇다면 저 못생긴 녀석이 범인일 수도 있다는 건가? 흠…… 일단 서둘러 여길 빠져나가야겠어.'

빈손은 볼일을 후다닥 마치고 귀빈실로 잽싸게 돌아갔다. 코피난다는 여전히 비니타에게 질문을 쏟아 내고 있었다. 빈손은 코피난다의 눈치를 보며 비니타에게 귀엣말을 했다.

"비니타, 문제가 생겼어요. 얼른 아지트로 돌아가야 해요."

"네? 무슨 일이에요, 빈손?"

"일단 채팅방을 확인해 보세요."

빈손의 재촉에 비니타는 총장에게 양해를 구하고 스마트폰을 열어 보았다. 메시지를 확인한 비니타의 눈이 동그래졌다. 옆에 있는 총장을 의식해서 이내 표정을 관리했지만, 빨라진 심장 박동은 쉬 진정되지 않았다.

"총장님. 대단히 죄송합니다만, 저희는 이만 일어나야 할 것 같습니다. 총장님과 대화가 너무 흥미로워서 다음 스케줄이 있는 걸 깜빡 잊었네요."

"벌써 가시겠다고요? 아쉽네요, 쿵쿵. 좀 더 이야기를 나누고 싶지만 바쁘다니 어쩔 수 없군요. 비니타 덕분에 아주 유익한 시간을 가졌습니다, 정말 고마워요! 참, 오늘은 미스터 노와 이야기를 나누려던 건데…… 쿵쿵. 아무튼 오늘 고마웠습니다."

비니타와 빈손은 코피 난다에게 인사하고 부랴부랴 호텔을 나섰다. 택시를 타고 아지트에 도착하자마자 비니타는 채팅 앱의 영상 통화로 콘을 호출했다.

"콘! 어떻게 된 거야? 왜 CCTV에 성준이 찍혀 있는 거지?"

"그걸 내가 어떻게 알겠어, 매앤?"

"흠……. 아무튼, 그럼 성준은 아직 이 근처 어딘가 있을 가능성이 높은 거겠지? 성준을 만나서 자초지종을 들어 봐야 하겠는데……."

"헤이, 멤버들! 성준을 추적할 방법 뭐 없을까, 맨?"

통역 이어폰을 끼고 두 사람의 대화를 듣던 빈손은, '멤버들'이라는 소리에 자기도 우분투 멤버가 된 건가 싶어 갑자기 기분이 좋아졌다. 그러다 문득 눈을 반짝이며 소리쳤다.

"방법을 찾을 수 있을 것 같아요!"

"앗, 뭔데요, 빈손?"

"어제 드론들이 해킹당한 이유를 찾으려고 내가 셀카드론의 코드를 분석해 봤잖아요? 그때 셀카드론이 성준을 인식하는 방법이나 성준과 거리를 유지하는 방법 등에 관한 코드도 살짝 봤어요. 혹시 성준과 관련된 그 밖의 숨겨둔 코드 같은 게 더 있을지도 모르겠는데……. 셀카드론의 코드를 한 번 더 들여다볼까요?"

비니타와 콘은 입을 떡 벌린 채 빈손을 바라보다가, 잠시 후 박수를 짝짝 치며 환호했다.

"와, 빈손! 정말 천재가 되었나 봐요!"

"와우 지저스! 빈손은 지니어스!"

칭찬에 한껏 신이 난 빈손은 황금키보드를 손 쪽으로 옮겨 컴퓨터에 연결했다. 노트북에서 옮겨 온 셀카드론의 코드를 열고 번개처럼 빠르게 자판을 두드리더니, 금세 뭔가를 발견하고는 두 팔을 번쩍 들었다.

"빙고! 셀카드론 안에 GPS 기능이 있는데, 성준의 스마트폰과 연결된 것 같아요!"

"대박! 얼른 셀카드론을 켜 볼게요."

비니타가 셀카드론의 전원을 켜자, 위잉 소리를 내며 셀카드론

GPS란 미국에서 만든 위치 확인 시스템이에요. GPS를 활용하면 인공위성과의 통신을 거쳐 위치 정보를 거의 정확히 알 수 있죠. 현재 30개 정도의 GPS용 위성이 지구 주위를 돌고 있어요. 최소 4개의 위성을 이용하면 위치(위도, 경도, 해발 고도)와 시간을 알 수 있답니다.

이 날아올랐다.

"삐빅! 부팅 중……. 삐빅! 부팅 완료."

"셀카드론, 성준의 위치를 알아낼 수 있겠어?"

"성준, 아니, 빈손. 알겠드론! 분석 중…… 데이터 갱신 중…….
삐빅! 갱신 완료."

비니타는 자신의 컴퓨터를 셀카드론에 무선으로 연결했다.

"삐빅! 데이터 전송 완료했드론"

잠시 후 모니터에 지도가 나타났다. 셀카드론이 보낸 성준의 위
치 데이터가 지도 위 여러 곳에 붉은 점으로 표시되었다.

"앗! 드디어 성준의 위치가 파악되는 거야, 매앤?"

"성준의 위치가 시간대별로 표시돼 있어. 어디 보자, 가장 최근
에 포착된 위치는……."

"위치는……?"

"샌프란……시스코?!"

비니타는 믿을 수 없다는 듯 소리쳤다.

"리얼뤼? 와우 어메~이징! 우리 동네에 와 있었던 거잖아? 빈손,
비니타! 빨리 이리로 날아오라고, 매앤!"

"알았어, 콘. 바로 준비해서 출발할게."

 ## 곤경에 처한 우분투

빈손과 비니타가 샌프란시스코로 떠날 채비를 서두르던 그때,
코피 난다 총장의 호텔 방으로 수행원 한 명이 급히 들어왔다.

"큿큿, 무슨 일이지?"

"총장님, 이 영상을 봐 주십시오."

요원은 총장에게 태블릿PC를 건넸다. 총장은 실눈을 뜨고 화면을 들여다보았다. 영상을 재생하자, 빈손과 똑같이 생긴 사람이 검은 정장을 입은 두 명과 함께 찡긋 윙크를 하며 손가락으로 총 쏘는 시늉을 했다.

"아니, 이건……. 아까 나와 만났던 빈손이란 자 아닌가?"

"네, 그런 것 같습니다. 어제 사건이 일어나기 한 시간쯤 전에 찍힌 영상입니다. 그보다 한두 시간 앞서 포착된 영상도 한국 경찰에게서 공유 받았습니다."

요원은 화면을 터치해서 다음 영상을 재생했다. 한 창고 출입문 근처에서 빈손과 똑같이 생긴 사람이 드론 몇 대를 점검하고 있었다. 그리고 노트북으로 무언가 작업을 하더니, 카메라 가까이 얼굴을 드러내 보이고는 곧 앵글 밖으로 사라졌다.

"쿵쿵, 맙소사! 범죄를 저지를 사람이 이렇게 대놓고 CCTV 앞을 얼쩡대다니. 일부러 영상에 포착돼서 '나 범인이오' 하고 알리는 셈인데……. 그러고 보니, 만나자는 나의 제안에도 거리낌 없이 응하고 말이지. 혹시 무슨 꿍꿍이를 품고 자작극을 벌인 거 아닐까? 자기들이 일을 벌이고 자기들이 수습하고……. 안 되겠군, 쿵쿵. 빨리 이자들을 뒤쫓아서 잡아 오게!"

"예, 알겠습니다."

요원은 서둘러 다른 동료들을 소집하며 호텔을 나섰다.

"빈손, 짐은 다 챙겼어요? 시간이 없어요."

"이것만 넣으면 돼요. 끙차!"

빈손과 비니타가 샌프란시스코로 갈 준비를 마치고 막 아지트를 나서려는 그때, 테이블 한쪽에 놓인 모니터에 검은 선글라스에 정장 차림을 한 남자들이 달리는 모습이 보였다. 골목 초입에 설치한 감시용 카메라에서 실시간으로 보내오는 영상이었다. 순간 소름이 돋은 비니타는 곧장 스마트폰 채팅 앱을 켰다.

"콘. 지금 이곳 근처의 CCTV 실시간 영상들을 확인해 줘."

"무슨 일이야, 맨?"

"웬 사람들이 아지트를 향해 오고 있는 것 같아. 코피 난다 총장 쪽 요원들이 우리를 잡으러 오는 거 같은데……."

그때 아지트 철문을 쾅쾅 두드리는 소리가 들렸다.

"빈손 씨! 비니타 씨! 안에 계시죠? 우리는 사무총장님이 보낸 사람들입니다. 잠깐 이야기 좀 할 수 있을까요?"

벽면 모니터 영상 속 콘이 깜짝 놀라며 말했다.

"맙소사! 벌써 찾아온 거야, 매앤?"

"하아~ 왜 이렇게 일이 복잡하게 돌아가는 거지? 빈손, 준비 끝났죠?"

"네, 비니타."

"나도 준비됐드론."

"좋아! 콘, 장거리 이동용 대형 드론이 어디 있다고 했지?"

"헤이 비니타! 설마 그걸 타고 오려고? 그냥 여객기 타고 오면 안
돼, 매앤?"

"공항에 도착하기도 전에 지명수배가 떨어질걸?"

"하긴, 그렇겠군. 아직 실제 비행에 투입된 적 없는 시험기가 한
대 있긴 한데……. 한강 노들섬에 있으니 얼른 가 보라고, 맨! 내가
원격 신호 교란을 통해서 요원들의 추격을 최대한 방해해 볼게."

"오케이! 빈손, 이제 출발할 시간이에요. 나를 따라 최대한 빨리
달려야 해요!"

비니타는 빈손에게 눈을 찡끗해 보이고는 철문 앞으로 성큼성
큼 걸어갔다. 문 앞에 서서 심호흡을 한 번 하더니 문을 확 잡아당
겼다. 그러자 밖에서 문을 열고자 힘을 쓰고 있던 요원들이 우르
르 쏟아져 들어왔다. 입구에 포개진 채 고꾸라져 있는 요원들을 뛰
어넘어, 비니타와 빈손은 쏜살같이 아지트를 빠져나갔다.

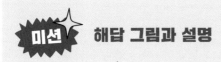

**빈손이 정말로 코딩 천재가 되었는지
확인해 보려고 콘이 낸 문제의 해답이에요.**

'서로 한 번에 잡아먹히지 않는 위치에 놓아야 한다'는 규칙 아래에서, 퀸 8개를 다 놓을 수 있는 배치를 찾아야 해요. 퀸을 여기저기 놓으면서 열심히 방법을 찾다 보면 이러한 퀸의 배치를 발견할 수 있죠. 좀 무식한 방법인 것 같지만, 컴퓨터도 마찬가지예요. 놓아 보고, 안 되면 다시 놓아 보는 것을 반복하다 보면 답을 찾을 수 있어요. 참고로, 답을 하나 찾았다면 그 배치를 좌우로 반전해 보아도 역시 답이 된답니다!

3

성준을 구출하라

서울에서 샌프란시스코로!

대한민국 서울, 노들섬

탁탁탁-

이 아래에 대형 드론을 숨겨 놓았어요.

끄윽

기이잉-

으악!

함정이다!

우앗!

♪

자, 빈손.
어서 타요!

이게 뭐예요?
UFO 같은 거예요?

안전벨트 매요,
빈손.

♪

아무거나 만지면
안 돼요! 실제 비행이
처음인 장비라 조심히
다뤄야 해요.

걱정 말아요.
이래 봬도 비행
시뮬레이션 게임에서
열두 대밖에 안 떨어
뜨렸다고요!

꿀꺽─

드르렁-

성준은 왜 거기 나타난 거지?

창고의 드론들을 미리 테스트해 둔 것 같은데…

잡슈의 키보드… 전시장의 도둑들… 설마, 마크3가?

아냐, 그럴 리 없어…. 아니, 마크3라서 가능한 걸까? 휴, 모르겠어. 일단 성준을 만나 봐야 실마리가 풀릴 것 같아.

미국 샌프란시스코 해안

콘을 만나다

빈손과 비니타는 드론에서 내려 평평하고 한적한 공터에 발 디
뎠다. 전 세계 첨단 기술 산업의 중심, 바로 미국 샌프란시스코 땅
이었다.

"휴~ 살았다. 완전 무서웠단 말이에요!"

빈손은 등에 매달린 황금키보드를 쓰다듬으며 말했다.

"미안해요, 빈손. 이 드론은 처음 조종해 보는 거라 좀 서툴렀네
요. 콘이 원격으로 조종해도 되지만, 실제 비행이 처음인 드론이라
기체 안정성도 파악해 볼 겸 직접 조종간을 잡아 보고 싶었어요."

"오오~ 기체 안정성, 조종간…… 뭔가 멋있어요! 한국에 돌아갈
땐 저도 좀 몰아 보면 안 되나요?"

"네, 안 돼요."

"헉, 비니타. 너무 단호해서 단호박인 줄……."

뻘쭘해진 빈손은 입을 삐죽 내밀고는 성큼성큼 걸었다.

"빈손, 이쪽으로 가야 해요. 그쪽은 갈매기 똥 밭이라고요."

비니타는 고분고분해진 빈손을 데리고 공터를 벗어났다. 시내로
진입하자 곧 가파른 언덕이 나타났고, 시가지엔 고층 건물이 즐비
했다. 콘이 있는 아지트를 향해 걷는 동안 비니타는 내내 심각한
표정이었다. 빈손은 샌프란시스코의 풍경을 감상하며 한동안 신이

난 듯 걷다가 언덕이 계속되자 숨을 몰아쉬며 투덜댔다.

"이 동넨 왜 이렇게 언덕이 많아요? 헉헉! 아직 멀었나요? 헉헉!"

"다 왔어요. 이 골목으로 들어가면 곧 아지트가 나와요."

좁은 골목으로 접어들어 10여 미터쯤 더 걸어가자 허름한 주택이 나타났다. 현관 옆에는 시커멓게 녹이 슨 철제 셔터가 있었다. 비니타가 셔터 옆 기둥 한쪽에 손을 대자, 셔터의 눈높이쯤 되는 곳이 안쪽으로 쑥 들어가더니 손바닥만 한 인식 장치가 앞으로 쏙 튀어나왔다. 비니타가 잠시 주변을 살피고는 장치에 눈을 갖다 대자 셔터가 철컹 하며 위로 올라갔다. 깜짝 놀란 빈손이 소리를 질렀다.

"와아! 이건 말로만 듣던 홍채 인식 장치?"

"빈손, 쉿!"

안으로 들어서자, 허름한 겉모습과 달리 내부에는 멋진 오픈카가 한 대 주차돼 있었다. 그 밖에는 여느 차고와 다를 바 없는 모습이었다.

"우리 왔어! 안에 있어, 콘?"

비니타는 차고 뒤편으로 난 문을 열고 건물 안으로 깊숙이 들어가면서 콘을 불렀다.

"오우~ 비니타, 빈손! 어서 오라고, 매앤!"

안쪽에서 콘의 목소리가 들려왔다. 콘이 허둥지둥 달려 나와 두 사람을 맞이했다. 평범한 차고 모습과 달리, 건물 안쪽에는 여러 대의 컴퓨터와 모니터, 통신 장치 등 다양한 전자 장비가 곳곳에 놓여 있었다. 신기해하며 실내를 구경하던 빈손은 서둘러 통역 이어폰을 귀에 꽂았다. 비니타는 셀카드론의 전원을 켜며 콘과 반갑게 인사했다.

"이런 장시간 비행은 처음인데 별일 없었어, 맨?"

"삐빅! 비행 데이터를 분석해 보니 대형 드론의 전력이 간당간당했드론."

셀카드론의 대답을 듣고는 빈손의 눈이 동그래졌다.

"헉! 셀카드론, 진짜야? 비니타, 아깐 아무 얘기 없었잖아요!"

"아하하…… 곤히 자고 있길래 깨우고 싶지 않았어요."

비니타는 셀카드론을 흘겨보고는 빈손을 보며 웃었다.

"오우, 배터리 충전량을 더 늘려 볼게, 맨. 아무튼, 웰컴 투 샌프란시스코!"

콘은 빈손과 비니타에게 주먹 인사를 건네고는 등을 토닥였다.

"콘, 성준의 동선은 좀 확인해 봤어?"

"응. 우리가 강남대로 인근 CCTV 영상에서 성준을 봤었잖아? 거기서부터 시작해서 성준이 사라진 전시장까지, 주요 동선을 거슬러 올라가며 CCTV 영상을 쭉 확인해 봤지. 그러다 중요한 장면을 포착했어. 이걸 좀 보라고, 맨!"

콘은 노트북으로 영상을 재생했다. 세 사람이 어깨동무를 한 듯한 모습으로 화장실에서 나와 콘퍼런스장 출구를 나서는 장면이었다.

"앗, 빈손. 이거 성준 아니에요? 멀어서 얼굴은 안 보이지만, 복장은 딱 저랬던 거 같은데……."

"오, 맞아요! 그날 옷차림이 기억나요. 생긴 건 나랑 완전 비슷한데 패션 감각은 영 꽝이어서 뇌리에 콱 박혔었죠. 근데 성준이 고개를 떨구고 있는 것 같지 않나요? 마치 기절한 사람처럼……."

빈손은 영상을 뚫어져라 쳐다보며 비니타의 말을 거들었다.

"정말 그렇네요. 앗, 그리고 보니 양쪽 두 사람…… 나를 속이고 황금키보드를 훔쳐 달아난 녀석들 같아요. 쟤들이 성준을 납치했나 봐요!"

비니타는 전시장에서 있었던 일을 떠올리며 외쳤다.

"나도 성준이 납치당한 거라 생각해, 맨."

"근데 뭔가 이상하지 않아요? 강남대로 인근 CCTV에 찍힌 성준의 모습은 납치당한 사람의 행동이 전혀 아니었잖아요? 혹시 볼 일을 못 본 채로 끌려다녀서 제정신이 아니었던 걸까요?"

"빈손, 그건 아닌 거 같아요. 어쨌든 저 녀석들이 성준에게 뭔가 몹쓸 짓을 한 거 같은데……. 아아, 어쩌지. 성준을 얼른 찾아내야 어찌된 영문인지 알 수 있을 텐데."

"맞다! 성준의 현재 위치 정보를 다시 확인해 봐야겠어, 매앤!"

콘의 말이 끝나기 무섭게 비니타는 셀카드론에게 지시했다.

"셀카드론, 성준의 최신 위치 데이터를 확인해 줘."

"알았드론. 현재 분석 중. 삐빅! 분석 완료. 데이터 전송했드론."

비니타와 콘은 노트북 화면에 나타난 성준의 위치를 뚫어지게 쳐다보았다. 그때 콘이 화들짝 놀랐다.

"오우 지저스! 성준이 왜 저기 있지, 맨?"

"왜요, 왜요? 저기가 어딘데요?"

빈손이 노트북 앞으로 머리를 들이밀며 물었다.

"샌프란시스코 앞바다에 있는 작은 섬이야. 여기서 멀지 않으니 금방 갈 수 있어, 맨."

"오, 그럼 당장 가 보자고요!"

빈손이 황금키보드가 등에 잘 붙어 있는지 확인하며 말했다.

"이상하네, 저기는 사람들이 즐겨 찾는 관광지인데……. 용의자로 몰린 성준이 저런 데 놀러 다닐 여유가 없을 텐데, 매앤."

"분명한 건, 혼자 있지는 않으리란 점이야. 성준을 납치한 걸로 보이는 그 두 명한테 끌려다니거나 하고 있겠지. 상대가 여러 명이니 조심해서 추적해 보자고."

비니타가 옷소매를 걷어붙이며 자리에서 일어서자 빈손과 콘이 서둘러 따라 나섰다.

비밀 기지에 잠입하라!

세 사람은 차고로 이동해 차에 올라탔다. 비니타는 노트북과 이런저런 장비들, 그리고 셀카드론을 가방에 챙겨 담았고, 콘은 운전대를 잡았다. 빈손은 황금키보드가 등에 잘 붙어 있는지 확인했다. 차는 잠시 도로를 달려 한 부두 주차장에 도착했다. 차에서 내린 빈손 일행은 곧장 승선장으로 가서 여객선에 올랐다. 관광객들 틈에 섞여 섬에 내린 빈손 일행은 눈앞에 보이는 커다랗고 으스스한 건물로 조심스레 향했다.

"성준이 아마 이 건물 안에 있는 것 같아, 맨."

"으으~ 왠지 으스스한데요? 여긴 뭐 하는 곳이에요?"

"하하! 빈손, 완전 겁쟁이 매앤! 지금은 보다시피 관광지가 되었지만, 예전엔 이 섬 전체가 아주 악명 높은 교도소였어. 누구도 탈출한 적이 없다고 알려져 있지. 그나저나 성준은 이런 곳에 왜 왔을까, 맨?"

"우리, 흩어져서 섬 곳곳을 샅샅이 조사해 보자고요. 뭔가 이상한 점을 발견하면 바로 연락하고요."

비니타의 제안에 콘과 빈손은 비장한 표정으로 고개를 끄덕였다.

빈손 일행이 찾아간 이 으스스한 섬은, 실제로 미국 서부 샌프란시스코의 연안에 있는 '앨커트래즈 섬'이에요. 과거에 위험한 죄수들을 많이 가둔 악명 높은 교도소 섬이었죠. 워낙 유명한 곳이라서 지금도 영화나 드라마 등에 자주 등장한답니다.

"휴~ 너무 이상해. 가 볼 수 있는 곳은 다 가 봤는데 도무지 안 보이네. 대체 성준은 어디 있는 걸까, 콘?"

"그러게. 분명 GPS에는 이 섬에 있다고 표시되는데 찾아낼 수가 없네, 매앤!"

세 사람은 몇 시간에 걸쳐 교도소 건물 안과 등대 안팎은 물론 온 섬을 샅샅이 뒤졌지만 성준을 발견하지 못했다. 섬 안을 좀 더 뒤져 보기로 한 셋은, 관광객들 눈에 띄지 않는 승선장 반대편의 구덩이 아래로 몰래 숨어들어 어두워지기를 기다렸다.

오후 5시가 조금 지나자 관광객들이 유람선을 타고 섬을 빠져나갔다. 그런데 잠시 후 멀리서 모터 소리가 들려오기 시작했다. 자그마한 쾌속정이 거칠게 파도를 가르며 섬을 향해 다가오고 있었다. 배는 여객선 승선장 근처의 작은 선착장에 닿았다. 빈손 일행은 숨 죽여 배를 바라보았다.

"누군가 내리고 있어요."

빈손이 입을 가린 채 조용히 말했다. 빈손의 말대로 검은 옷을 입은 사람이 쾌속정에서 내리더니, 주변을 살피며 빈손 일행이 숨어 있는 구덩이 바로 곁을 터벅터벅 걸어서 지나갔다. 셋은 숨을 멈추고 꼼짝도 하지 않았다. 그는 10미터 정도 떨어진 교도소 건물 외벽에 멈춰 섰다.

"저기서 뭘 하는 거지, 맨?"

"쉿!"

비니타가 콘에게 단호한 표정을 지어 보였다. 검은 옷을 입은 사람은 쪼그려 앉아 뭔가 조작하고 있었다. 잠시 후 드르륵하는 소리가 나고 그가 바닥 아래로 들어가는 모습이 보였다. 이내 다시 드르륵 소리가 나고, 주위에는 정적이 흘렀다.

"후아~ 이제 일어나도 되겠지, 맨?"

비니타가 고개를 끄덕였다. 콘은 일어서서 엉덩이를 탁탁 털고는 구덩이에서 훌쩍 뛰어나와 남자가 사라진 곳으로 달려갔다. 빈손과 비니타도 콘의 뒤를 따랐다.

"흐음…… 여기엔 특별한 게 없어 보이는데, 맨."

콘이 교도소 외벽을 살피며 말했다.

"좀 전에 그 사람은 어디로 간 걸까요, 비니타?"

"그러게요. 이렇게 앉아서 뭔가 하는 것 같았는데……."

비니타는 쪼그려 앉아 여기저기를 살피며 빈손에게 대답했다. 그러다가 바닥 한쪽에 있는 낡은 콘크리트 맨홀 뚜껑이 주변 바닥보다 살짝 들떠 있음을 발견했다. 평범한 맨홀 같았지만, 비니타는 혹시나 하는 마음에 그것을 들어 올려 보았다. 그랬더니 갑자기 텅 하는 소리가 나며, 맨홀 뚜껑 아래로 드러난 바닥 양옆의 벽돌

125

에서 밝은 빛이 뿜어져 나왔다. 비니타가 깜짝 놀라 소리쳤다.

"앗, 이게 뭐람?!"

"비니타, 벽돌에 웬 숫자가 쓰여 있어요! 하나는 0, 하나는 1인데요?"

"오우 지저스! 이런 장치가 숨어 있었다니……. 뭔가 암호를 입력해야 안으로 들어갈 수 있나 보군. 그나저나 암호를 어떻게 알아내지, 매앤~?"

콘과 빈손이 신기해하며 장치를 들여다보는 동안 비니타는 생각에 잠겼다. 그러다 뭔가 떠오른 듯 두 사람을 바라보며 말했다.

"이 암호 장치를 운용하는 네트워크가 분명 있을 텐데……. 일단 네트워크에 접속 가능한지 살펴볼게요."

비니타는 서둘러 노트북을 꺼내어 해킹 작업을 시작했다. 잠시 후 네트워크를 발견하는 데 성공했지만, 접속하기 위한 암호를 알아내는 건 쉽지 않았다. 노트북 모니터를 보던 비니타의 시선이 빈손 쪽으로 쓱 움직였다.

"왜요, 비니타? …… 아, 황금키보드요?"

"네, 빈손! 부탁해요."

노트북을 건네받은 빈손은 황금키보드를 등에서 손으로 옮긴 뒤 노트북에 연결했다. 화면에는 알파벳과 숫자들이 빼곡히 쓰인 표가 떠 있었다.

A	00001	H		O	01111	V	
B	00010	I	01001	P	10000	W	10111
C	00011	J	01010	Q	10001	X	11000
D	00100	K	01011	R	10010	Y	11001
E	00101	L	01100	S	10011	Z	11010
F	00110	M	01101	T	10100		
G		N	01110	U			

"이진수잖아? 각 수에 해당하는 알파벳 자모들로 된 어떤 단어를 찾아내야 하는 것 같은데, 대체 뭘까?"

옆에서 함께 화면을 들여다보던 콘이 말했다.

"콘, 황금키보드의 능력을 한번 믿어 보라고요!"

빈손의 자신감 있는 눈빛이 곧 초록색으로 일렁이더니, 손가락이 안 보일 정도로 빠르게 키보드 위를 움직였다. 그리고 잠시 후 빈손이 엔터 키를 탁 치니, 화면에 숫자의 배열이 나타났다. 콘이 천천히 숫자를 읽었다.

"00011, 01000, 00001, 01110, 00111, 00101."

"이 숫자들을 표에 있는 알파벳들과 대조해 보면……. 앗, 이거였어? 쉬운 단어였네요!"

비니타가 손뼉을 치며 좋아하자 콘이 빈손에게 엄치를 척 들어 보였다.

"굿잡, 빈손! 정말 대단해, 매앤!"

빈손은 별것 아니라는 듯 어깨를 으쓱해 보였다.

"훌륭해요, 빈손. 그럼 이 숫자들을 장치에 입력해 볼까요?"

비니타의 말에 모두 바닥의 벽돌을 다시 바라보았다.

"저 숫자들 순서 그대로, 0과 1 벽돌을 차근차근 눌러 보면 되겠지. 근데 너무 길어서 귀찮네, 맨!"

콘이 두 벽돌을 번갈아 눌렀다. 서른 번을 다 누르자, 콘크리트가 갈리는 소리가 나더니 바닥이 밑으로 조금씩 꺼지기 시작했다. 드르륵 소리가 멈추자, 맨홀 뚜껑이 있던 자리는 지하로 통하는 계단으로 바뀌어 있었다.

"오우, 이 섬에 이런 지하 공간이 있었을 줄이야, 맨!"

"자, 다들 침착하자고요. 이제부턴 정말 위험할 수도 있어요. 그나저나 성준이 무사해야 할 텐데⋯⋯."

비니타는 노트북을 챙기고는 앞장서서 계단을 내려가기 시작했다. 콘과 빈손이 긴장한 채 뒤를 따랐다. 세 사람이 모두 내려가자 계단이 원래 모습으로 변하며 입구가 닫혔다.

# 성준을 다시 만나다

지하 통로에 들어선 빈손 일행은 숨죽인 채 움직였다. 통로는 흙과 돌이 툭툭 불거져 나온 땅굴 상태 그대로였다. 바닥은 울퉁불퉁했고 천장에는 전등이 띄엄띄엄 매달려 있었다.

"콘. 입구가 닫혔는데 나중에 다시 나갈 수 있을까요?"

빈손은 자기 앞에서 걷고 있는 콘에게 소곤소곤 말했다.

"나도 몰라, 맨. 그것보다, 저 앞에 뭐가 있을지 궁금하지 않아?"

콘은 흥분한 말투로 말했다. 앞장서서 걷던 비니타가 걸음을 멈추고 가방에서 셀카드론을 꺼내 전원을 켰다.

"셀카드론, 영상 기록 모드를 작동해 줘."

"삐빅! 녹화 모드 작동하드론."

셀카드론이 둥실 떠올라 앞장서고, 세 사람은 다시 움직였다. 통로 안쪽으로 좀 더 걸어 들어가자, 흙과 돌로 울퉁불퉁하던 땅굴이 매끈하게 포장된 통로로 바뀌었다. 저 앞에 모퉁이가 보였다. 빈손 일행은 모퉁이에 숨어 통로 앞쪽을 쳐다보았다. 멀리 사람이 있는데 누군지는 잘 보이지 않았다.

"삐빅! 성준이드론. 삐빅! 성준이 저기 있드론."

셀카드론이 성준을 알아봤다. 비니타는 다시 앞장서서 성준을 향해 조심조심 다가갔다.

"성준."

비니타가 낮은 목소리로 부르자 성준은 비니타 쪽으로 고개를 돌렸다. 성준은 납치된 사람의 긴장감이라곤 전혀 없이, 침착하게 비니타를 바라보았다. 눈동자는 빨갛게 변해 있었고, 표정은 마치 로봇 같았다.

"어서 와, 비니타."

성준은 제법 큰 목소리로 대답하며 비니타를 반겼다.

"쉿! 조용히 해, 성준. 다 들리겠어. 앗, 네 눈이……."

"괜찮아, 비니타. 안전한 곳이니 마음 놓으라고. 콘, 빈손, 셀카드론까지…… 여긴 어쩐 일이야?"

아무 일 없다는 듯 태연한 성준의 모습에 비니타가 황당해하며 말했다.

"너를 데리러 왔지, 성준. 대체 이런 데서 뭘 하고 있었던 거야? 얼른 여길 빠져나가자."

"날 데리러 왔다고? 왜? 난 지금 바쁜데."

예상하지 못한 성준의 반응에 비니타와 콘은 크게 놀랐다.

"오우 지저스! 너 진짜 성준 맞아? 말투도 이상하고 눈동자도 빨갛고…… 아무래도 이상한데, 매앤!"

"성준, 어떻게 된 거야? 여긴 뭐 하는 곳이고?"

성준이 무표정한 얼굴에 어색한 미소를 지으며 대답했다.

"친구들, 일단 안으로 들어가서 이야기할까? 내가 지금 하고 있는 프로젝트를 소개해 줄게."

성준은 말을 마치자마자 등을 돌려 안쪽으로 들어갔다. 어리둥절한 표정으로 서로를 바라보던 세 사람은 곧 조심스레 성준을 뒤따랐다. 복도를 지나 모퉁이를 돌자, 조금 전에 있던 방보다 훨씬 널따란 돔 형태의 공간이 나타났다. 그곳엔 컴퓨터와 모니터 등 전자 장비들이 가득했다.

"와우! 이게 다 뭐야? 어마어마한 시설이군, 맨!"

휘둥그레진 눈으로 실내를 기웃거리는 콘과 달리, 비니타는 걱정스러운 눈빛으로 성준을 바라보며 생각했다.

'성준이 왜 이런 곳에 와 있는 거지? 저 붉은 눈동자와 이상한 말투는 또 뭐고……'

성준이 비니타를 바라보며 오묘한 표정과 말투로 이야기했다.

"난 어제부터 여기서 새로운 프로젝트를 시작했어."

"뭔가 앱을 개발하고 있는 거야? 보니까 코딩을 하고 있는 것 같은데?"

"음…… 인류에게 큰 도움을 줄 앱을 개발하고 있다고 해 두지."

"뚱딴지같이 무슨 인류 타령이야, 성준?"

대화를 듣고 있던 빈손이 앞으로 나서며 말했다.

"성준, 나랑 코딩 게임에 출전하기로 해 놓고는 왜 사라졌던 거야? 게임인 줄 알고 신나서 나갔다가 난데없이 대회를 치르느라 완전 난감했단 말야!"

"아, 미안. 급히 여기로 오느라 어쩔 수 없었어."

"CCTV 영상을 보니 이상한 사람들에게 납치된 것 같던데, 대체 어떻게 된 거야? 하필이면 잘생긴 내 얼굴이랑 똑같이 생겨 갖고, 괜히 나만 의심받게 됐잖아!"

"납치라니? 난 인류를 위해 일하는 비밀 요원들의 안내를 받아 이리로 온 거라고. 보다시피 여기서 그들의 보호를 받으며 중요한 프로젝트를 수행 중이지."

"너를 납치한 사람들하고 같이 뭔가를 한다는 거야, 지금?"

비니타가 언성을 높이며 물었지만 성준은 마치 기계처럼 차분하게 대답했다.

"나를 데려온 요원들은 인류의 새로운 미래를 위한 프로젝트에 참여한 아주 의로운 사람들이야"

"인류를 위한 프로젝트란 게 뭔지 모르겠지만, 우분투에서 하면 되는 거 아냐?"

"우분투? 그런 작은 조직에선 불가능한 일이지. 인류의 기술로는 따라올 수 없는 슈퍼 머신들, 그리고 우리 보스의 천재적인 지능으로 계산된 완벽한 계획까지! 우분투에선 상상도 할 수 없는 것들이라고."

"보스……라고?"

"그래, 보스. 인류의 새로운 질서를 구현할 존재!"

"누구도 따라올 수 없는 세계 최고 프로그래머라고 자부하는 네가 '보스'라고 부르는 사람이 생겼단 말이야?"

평소 모습과는 전혀 달라진 성준을 보며 비니타는 기가 막혔다.

"인류 최고 프로그래머인 나조차도 감히 넘볼 수 없는 최고의 지능을, 우리 보스가 갖고 있지. 아, 마침 우분투 멤버가 모두 모였으니 프로젝트에 함께하는 건 어때? 더 완벽한 세계를 만드는 프로젝트에, 보스의 손발이 되어 봉사할 수 있는 값진 기회라고."

로봇과 같은 미소를 지어 보이는 성준을 보며, 빈손은 이틀 전 콘퍼런스장에서 성준을 만났을 때를 떠올렸다. 세상에서 자기보다 잘난 사람은 없다는 듯 뻐기던 그의 모습이 생각나자 빈손은 어이가 없었다.

"이봐, 대체 무슨 일이 있었던 거야? 나보다 얼굴은 쪼끔 못생겼어도 머리는 똑똑한 줄 알았는데……. 너보다 더 잘난 존재가 있다니, 진심이야?"

"보스는 전능한 존재야, 빈손. 그 능력을, 인류를 구원하는 데 쓰기로 했단 말이지. 인류가 이기심을 버리고 모두 평화롭게 잘 살도록 하는 보스의 계획에, 영광스럽게 나도 참여하게 되었다고. 난 지금 보스의 의지를 인류에 전달하는 앱을 개발하고 있어. 개발을 마치고 앱을 배포하면, 곧 보스의 인류 구원 프로젝트가 성공하게 되지."

"오우, 성준. 듣도 보도 못한 이상한 존재의 수상한 프로젝트에 우리 조직을 활용한다고? 너 돌았어, 매앤? 난 그럴 수 없어!"

내내 장난기 많던 콘이 심각한 말투와 표정으로 성준을 쏘아붙였다. 흥분한 콘을 다독이며 비니타가 성준에게 말했다.

"나도 콘과 같은 생각이야. 넌 누구의 지시도 받지 않고 자유롭게 하고 싶은 일을 할 수 있어서 우분투를 좋아했던 거잖아? 이상한 이야기에 현혹되지 말고, 얼른 다시 우분투 아지트로 돌아가는 게 어때?"

"아니, 돌아가지 않겠어. 비니타와 콘이 정 싫다면…… 빈손, 나와 함께하지 않겠어? 인류를 구할 쌍둥이 프로그래머! 어때, 멋지지 않아?"

얼빠진 눈빛에 해괴한 표정으로 성준이 다가오자, 빈손은 화들짝 놀라 비니타의 등 뒤로 숨으며 말했다.

"으악~ 시, 싫어! 내가 뭘 할 줄 안다고……. 난 그냥 비니타랑 같이 있을 거야!"

"내가 알기론, 넌 지금 천재적인 코딩 능력을 가진 존재인데? 네가 가진 황금키보드로, 여기서 실력을 발휘해 보는 건 어때?"

"뭐? 네가 황금키보드를 어떻게……. 아, 아니, 난 그런 걸 갖고 있지 않다고!"

"등에 붙어 있는 그 키보드는 뭐지? 조금 전에 이곳 보안 시스템 암호를 알아낸 거, 그 황금키보드로 한 거 맞지? 이곳의 네트워크는 외부와 완벽히 차단되어 있어서, 비니타나 콘 같은 유능한 해커라고 해도 절대로 암호 체계를 뚫을 수 없지. 네 등에 붙은 황금키보드처럼 초능력을 발휘하는 장치가 아니고서는……."

성준의 말에 빈손과 비니타, 콘은 당황해서 아무 대답도 하지 못했다.

"나와 함께하기 싫다면 어쩔 수 없군. 너희와 다툴 생각 없으니, 이제 각자 갈 길을 가자고."

성준은 무표정한 얼굴로 작별 인사를 건네더니 손가락으로 통로 쪽을 가리켰다. 이만 돌아가라는 뜻이었다.

"오우, 성준! 너 정말 여기서 이러고 있을 거야, 맨?"

"이제 인류의 구원, 인간과 기계의 공존을 위해 일할 시간이야. 나와 함께할 게 아니라면 이만 돌아가. 더 이상 방해하지 말고."

성준의 말에 비니타는 속으로 흠칫했다.

'인간과 기계의 공존? 어디선가 들어 본 말인데⋯⋯.'

잠시 생각하던 비니타는 성준에게 물었다.

"성준. 네가 말한 보스라는 사람, 본 적 있어?"

"보스? 보스는 당장 눈앞에 보이지 않더라도 어디에든 존재하지. 우리와 비교할 수 없을 만큼 뛰어난 존재이고."

비니타가 성준에게 무언가 더 물으려 하는 그때, 기지 안쪽에서 여러 명이 우르르 달려오는 소리가 들렸다.

"앗, 누군가 우리를 잡으러 오는 것 같아. 얼른 여길 빠져나가자고, 맨!"

멀리서 검은 옷을 입은 사내들이 달려오고 있었다.

"이런, 내가 도와주지 못하겠는데? 좀 전에 가라고 했을 때 가지 그랬어."

성준은 얼굴에 오묘한 미소를 띠고는 뒤돌아 걸어갔다.

"빈손, 비니타! 얼른 도망치자고, 맨!"

'성준, 대체 무슨 일을 당한 거야……'

멀어져 가는 성준을 잠시 바라보던 비니타는, 몸을 돌려 콘과 빈손을 따라 달렸다.

 ## 이리 내놔! 키보드 추격전

"밥, 저기 좀 봐."

햄버거와 간식을 사 들고 섬으로 돌아가는 모터보트 안, 버거가 망원경을 눈에서 떼며 말했다.

"뭐야, 조종하는 데 방해되게!"

"저기 보라고. 누군가 섬에서 나가고 있는데?"

버거는 망원경을 밥에게 넘겨주며, 다른 손에 들고 있던 햄버거를 우적우적 씹었다.

"흠, 우리 보트랑 같은 모델이잖아. 좀 늦게 교대하고 나가는 요원들이겠지. 신경 꺼."

"어, 저기 보트 한 대가 더 나가는데?"

"거참! 신경 끄고 햄버거나 잘 간수하라고. 여기저기 질질 흘리

137

고 있잖아!"

망원경을 버거에게 돌려준 밥은 눈을 비비며 보트 운전대를 다시 꽉 쥐었다.

"오예~ 그럼 먹을 입이 줄어드는 거네? 쟤들 것까지 내가 다 먹어야지!"

밥은 한심하다는 듯 버거를 쳐다보았다. 잠시 후 선착장에 도착한 둘은 기지 입구를 향해 서둘러 걸어갔다. 그때 밥의 스마트폰이 요란하게 울렸다.

"네, 보스."

"그곳 기지에서 포착된 음성을 분석했다."

"네?"

"방금 그곳 기지에서 이상 신호를 감지했다. 코드 003, 침입자 발생. 기지 내에서 포착된 음성을 분석해 보니 '황금키보드'란 단어가 확인되었다."

"앗, 황금키보드라고요?"

"그 침입자가 황금키보드를 갖고 있을지 모른다. 누누이 말했지만, 그걸 손에 넣는다면 나의 거대한 계획이 실현되는 건 시간문제지. 그러니 빨리 가서 잡아 오도록!"

밥이 기지 입구로 달려가 보니, 암호 입력 장치에서 빨간 불이 번쩍이고 있었다. 비상 상황을 알리는 신호였다. 서둘러 암호를 해제하고 계단을 내려가 성준이 있는 곳으로 달려갔다. 버거는 뒤늦게 기지로 들어섰다.

"성준! 방금 누가 왔다 간 거지?"

"내 친구들이 다녀갔어요. 좀 빨리 왔으면 소개해 줬을 텐데요."

성준은 헐레벌떡 뛰어온 밥을 멍하니 바라보며 대답했다.

"혹시 그들 중 누군가가 황금키보드를 들고 있지 않았나?"

"당신도 황금키보드를 알고 있군요. 나랑 비슷하게 생긴, 빈손이라는 친구가 가지고 있어요."

"이런! 보스의 말이 맞았군. 황금키보드에 대해 알고 있었으면서 왜 한마디도 하지 않았지!?"

"빈손이 황금키보드를 가지고 있다는 건 나도 방금 알았어요. 그리고 당신이 나에게 황금키보드에 대해 물어본 적 없잖아요."

씩씩거리던 밥은 성준의 대답에 말문이 막혔다.

"그건 그렇지만……. 아무튼 당신 때문에 일이 복잡하게 됐으니, 그리 알라고! 가자, 버거."

"바~압! 헉헉! 좀 쉬었다 가면 안 돼애~?"

밥은 숨을 헐떡이는 버거의 목덜미를 잡아끌며 기지를 나섰다.

보트를 훔쳐 타고 육지 선착장에 도착한 빈손 일행은 주차장을 향해 달렸다.

"비니타. 이제 어떻게 할 거야, 맨?"

"한 번 더 확인해 볼 게 있어. 일단 아지트로 돌아가자."

"그게 뭔데요, 비니타?"

"가면서 알려 줄게요. 운전은 내가 할게, 콘."

콘이 자동차 스마트키를 휙 던지자, 비니타가 날쌘 동작으로 날아올라 낚아챘다.

"우아~ 비니타, 어떻게 한 거예요? 완전 멋있어요! 그 인도……뭐라고 했죠? 그 인도 무술, 나 좀 가르쳐 주면 안 돼요?"

"그것도 나중에 가르쳐 줄게요, 빈손. 일단 여길 벗어나자고요!"

빈손은 초롱초롱한 눈으로 비니타를 보며 자동차에 올라탔다. 그때 등 뒤 멀리에서 누군가 외치는 소리가 들렸다.

"거기 서라!"

검은 옷을 입은 사내들이 빈손 일행을 향해 달려오고 있었다.

"오우, 지치지도 않고 따라오는데? 얼른 출발하자고, 맨!"

콘과 빈손이 뒷좌석에 앉자마자 비니타는 시동을 켜고 액셀을 밟았다. 사내들이 주차장에 뛰어 들어왔을 때, 빈손 일행이 탄 차는 이미 주차장을 벗어나 도로에 들어서고 있었다. 기진맥진한 사내들은 빈손 일행 쫓기를 포기했다.

"비니타, 저 사람들 차가 없나 봐요. 안 따라오는데요."

"와우! 비니타. 스타트가 아주 끝내줬어, 맨!"

뒷좌석에 나란히 앉은 빈손과 콘은 박수를 치며 호들갑 떨었다. 그때 백미러를 보던 비니타의 표정이 굳었다.

"끝난 게 아닌 것 같은데……. 저 뒤에 차 한 대가 따라붙었어."

빈손이 뒤를 돌아보니, 파란색 차 한 대가 차로를 이리저리 바꾸며 빠른 속도로 달려오는 모습이 보였다.

"앗, 다 따돌린 줄 알았는데, 저건 누구지?"

"두 사람 모두 안전벨트 잘 맸죠?"

비니타는 뒷좌석을 향해 말하고는, 운전대 옆 패널에 있는 '고속 자동주행 모드' 버튼을 눌렀다. 그러자 차는 부아앙 소리를 내며 빠른 속도로 달려 나갔다. 오픈카 뒷좌석에 탄 두 사람은 엄청나게 불어닥치는 바람을 그대로 맞았다.

"으악~ 사람 살려! 비니타, 내 소중한 머리카락이 다 날아가게 생겼다고요!"

"와우! 이런 고속 자동주행 기능은 언제 달아 놓은 거야, 맨?"

"지난번 샌프란시스코에 왔을 때 살짝 만져 뒀어. 소프트웨어만 살짝 바꿔 놓은 거야."

"역시! 비니타 실력은 여전한걸."

"근데, 콘. 교통신호를 제어하면 더 빨리 달아날 수 있을 것 같은

인공지능이 사람 대신 자동차를 운전하는 자율주행 기술이 점점 발달하고 있어요. 카메라와 센서를 통해 얻은 주변 자동차의 위치와 속도, 바닥에 있는 차선 정보 등을 실시간으로 파악하고 종합해 자동으로 대응하는 거죠. 자율주행차는 앞으로 길 위에서 더 많이 보게 될 거예요.

데…… 가능하겠어?"

"좋아. 한번 해 볼게, 맨!"

비니타의 가방에서 노트북을 꺼낸 콘은 서둘러 해킹을 시작했
다. 그러나 잠시 후 콘은 고개를 갸우뚱하며 자판 위에서 움직이
던 손가락을 멈추었다.

"이상하네. 이게 왜 이러지, 맨?"

"무슨 일이야, 콘? 신호가 계속 이상하게 바뀌어서 마음대로 달
릴 수가 없는데……."

"내가 원하는 신호를 입력해도 자꾸 제멋대로 바뀌는데, 어떻게

된 거지?"

　"어휴~ 콘, 유능한 해커 맞아요? 내가 발가락으로 해도 이것보다 잘하겠네! 내 도움이 필요하면 바로 말하라고요, 에헴!"

　그 시간, 밥은 운전대를 이리저리 돌리며 열심히 빈손 일행의 차를 쫓고 있었다.

　"밥, 쟤들 완전히 카레이서인데?!"

　"입 다물고 햄버거나 먹으라고!"

"이봐, 밥. 입을 다물고 어떻게 햄버거를 먹냐고, 참 나!"

밥은 어이가 없어 액셀을 더 꾹 밟았다. 차는 굉음을 내며 속도를 올렸다.

"으악! 버거 살려!"

"저 녀석들, 왜 저렇게 빠른 거야? 이렇게 밟아 대는데 도저히 따라잡을 수가 없네!"

밥은 교차로마다 신호를 무시하면서 달리는데도 비니타의 차를 따라잡지 못했다. 그때 뒤에 경찰차 한 대가 따라붙었다. 요란한 사이렌과 정차 명령이 울려 퍼졌다.

"샌프란시스코 경찰이다! 거기, 파란색 차량! 속도 및 신호 위반 현행범으로 체포한다! 즉시 정차하라!"

밥은 백미러로 뒤를 흘끗 보더니, 아랑곳없이 더욱 속도를 높여 비니타의 차를 쫓았다. 그때 차 안의 스피커에서 말소리가 흘러나왔다. 성준의 목소리였다.

"밥. 내가 원격 자동주행 모드를 설정할 수 있으니 나에게 맡겨요. 지금 교통신호도 내가 통제하고 있다고요."

"뭐가 어째? 웃기지 말고, 당신은 신호 제어나 잘하라고! 차는 내가 직접 운전한다."

"곧 좋은 타이밍이 올 것 같은데, 나한테 한번 맡겨 보라고요."

차는 복잡한 시내 교차로로 막 진입하고 있었다. 밥은 성준의 말을 무시한 채 액셀을 더 세게 밟았다.

"휴, 어쩔 수 없네요. 이제 강제로 자동주행 모드로 바꾸겠어요. 셋, 둘, 하나!"

"하지 말라니까!"

밥은 애꿎은 패널을 주먹으로 꽝 내리쳤다. 그러자 어딘가 문제가 생긴 듯 운전대가 불안정하게 흔들리더니, 차는 결국 교차로에서 앞차 꽁무니를 들이받고 멈췄다. 앞뒤로 일어난 연쇄 충돌로, 밥의 차는 오도 가도 못하는 상황이 되었다. 성준은 깜짝 놀라 신호 제어를 멈추었다. 밥은 한숨을 푹 내쉬며 고개를 저었다.

"손 들어! 밖으로 나와서 무릎 꿇어!"

차에서 내린 경찰들이 권총으로 밥과 버거를 겨눈 채 다가왔다. 밥은 이마에 피를 흘리며, 버거는 입 주변에 온통 케첩을 묻힌 채 비틀거리며 차에서 나왔다.

"고개 숙여! 두 손은 머리 뒤로 돌려서 깍지 껴!"

경찰들은 밥과 버거의 손목에 수갑을 단단히 채웠다.

"으으~ 성준 그 자식 때문에 되는 일이 하나도 없군!"

"완전 판타스틱한 하루였어, 밥……."

"헛소리 집어치우고 정신 똑바로 차리라고, 버거! 보스가 지시해 둔 대로 하면 문제없을 거야."

밥은 버거를 매섭게 바라보며 이를 갈았다.

145

서서히 드러나는 보스의 정체

밥과 버거가 경찰관들에게 붙잡혀 가는 동안, 빈손 일행은 아지트에 무사히 도착했다. 차에서 내린 빈손은 긴장이 풀려 피곤함이 몰려왔다. 빈손이 아지트 바닥에 벌러덩 눕자, 콘과 비니타도 따라서 벌렁 누웠다.

"휴~ 정말 다행이야, 맨. 그나저나 아까 교통신호 해킹은 왜 잘 안 됐을까?"

"아마 성준도 해킹을 시도한 것 같아. 우리를 쫓던 차에는 성준을 납치했던 그 괴한들이 타고 있었겠지?"

두 사람의 대화를 듣던 빈손이 벌떡 일어나 질문을 던졌다.

"근데 아까 성준 모습이 너무 이상하지 않았어요? 그저께 콘퍼런스 행사장에서 봤을 때는 엄청 똘똘해 보였는데, 아까 본 모습은 마치…… 기계 같았어요."

"예스, 예스! 전혀 성준답지 않은 모습이었다고!"

"아, 비니타! 뭔가 확인해 볼 게 있다고 하지 않았어요?"

빈손의 말에 비니타는 벌떡 일어나 가방을 열었다. 노트북과 셀카드론을 꺼내 전원을 켰다.

"셀카드론, 아까 녹화한 영상을 틀어 줘."

"삐빅! 알겠드론."

셀카드론에서 조그만 장치가 나오더니, 빔프로젝터처럼 아지트의 벽면에 영상을 비췄다.

"아, 여기! 여기부터 여기까지 다시 재생해 줘."

영상에선 성준의 모습과 목소리가 흘러나왔다.

"보스는 전능한 존재야."

"보스는 어디에든 존재하지."

"인간과 기계의 공존을 위해 일할 시간이야."

셀카드론은 비니타가 시키는 대로 영상의 특정 부분을 반복해서 재생했다.

"비니타, 뭘 좀 알아냈어요?"

빈손의 물음에 비니타는 무언가 골똘히 생각하더니, 잠시 후 조심스레 입을 열었다.

"성준이 말한 보스라는 존재…… 사람보다 훨씬 뛰어나고, 어디에나 있다고 했죠. 그리고, 인간과 기계의 공존이라……. 저 얘기들을 종합해 보면, 내가 알고 있는 어떤 '기계'가 성준의 뒤에 있는 것 같아요."

"기계라니, 그게 무슨 뜻이에요?"

"기계라면…… 혹시 인공지능 같은 걸 말하는 거야? 그럼 성준의 지금 상태는 어떻게 해석해야 해, 맨?"

콘이 궁금해하며 비니타에게 질문하는데, 빈손이 말을 가로채며 나섰다.

"일단 눈동자가 토끼처럼 빨갰고요, 행사장에서 만났을 때랑 성격이 많이 달라진 것 같았다고요! 앗, 혹시…… 좀비가 되어 가는 건 아닐까요?"

빈손이 흥분하며 말하자, 비니타와 콘이 어이없다는 듯 빈손을 바라봤다.

"아, 아니면 말고요……."

"헤이, 빈손. 이 소설 속에서 엄청 황당한 등장인물은 빈손 하나로 충분하다고, 맨! 여기서 좀비까지 등장하면 장르가 대체 어떻게 되는 거야, 매앤?"

"네, 뭐라고요? 지금 무슨 얘기를 하는 거예요, 콘?"

"아, 아니야! 그건 됐고……. 그럼 비니타, 그 보스라는 자가 인공지능이고 성준은 제정신이 아니라면……. 뭐야? 인공지능이 인간을 조종하기라도 한다는 거야, 맨?"

"그건 나도 아직 알 수 없어. 하지만…… 일단 영국으로 가 보는 게 좋겠어!"

"뭐, 영국? 거긴 또 왜 가야 하는 거야, 맨?"

"거길 가 보면…… 이 사태가 시작된 원인을 알 수 있을지 몰라."

"참! 비니타가 컴퓨터과학을 연구한 곳이 영국이었지, 맨."

"맞아, 콘. 그나저나 우리가 타고 온 대형 드론은 충전이 다 되었겠지?"

"응. 내가 소프트웨어를 좀 만져서 배터리 충전량을 늘려 놨으니, 여기서 대서양 건너 영국까지 무리 없이 갈 수 있을 거야, 맨."

콘의 대답을 들은 비니타의 얼굴빛이 조금 밝아졌다. 헛소리를 했다가 비난받아 시무룩해 있던 빈손도, 비니타의 얼굴이 좀 밝아지자 덩달아 기분이 좋아졌다.

"와우, 이번엔 영국인가요? 좋아요, 좋아! 얼른 가자고요."

"그래요, 빈손. 얼른 준비해서 출발하자고요. 콘도 얼른 준비해. 가면서 좀 더 자세히 얘기해 줄게."

 ## 코피 난다, 너마저

"아오, 배고파! 왜 사람을 잡아 가두고 밥을 안 주는 거야!"

"조용히 해! 지금 이 상황에서 밥이 중요해?"

"이봐, 밥! 지금 밥이 안 중요하면 뭐가 중요한데, 밥?"

"어휴, 내가 말을 말아야지!"

경찰서 유치장 창살 밖으로 경찰관이 왔다 갔다 하며 밥과 버거를 감시하고 있었다. 스마트폰과 노트북을 모두 차에 둔 채로 체포된 밥은, 보스와 연락할 방법을 찾지 못해 골치가 아팠다. 옆에 있는 버거가 행여 경찰에게 쓸데없는 소리를 할까 더욱 심란했다.

"야, 버거. 취조실 들어가면 절대 아무 말도 하지 마! 괜히 입 열었다가 정보 유출하지 말고. 보스나 섬에 대한 건 특히!"

"헤이, 밥. 내가 설마 그렇게 멍청하겠어? 난 너한테 모든 걸 맡길 테니 걱정 붙들어 매라고! 아, 근데 배고파……."

버거가 배에서 꼬르륵 소리를 내며 대답했다. 그때 경찰관이 유치장 철창을 열었다.

"어이, 거기 둘! 취조해야 하니 나와."

밥과 버거는 손목에 수갑을 찬 채 취조실로 끌려갔다.

취조실에는 천장에 등이 하나뿐이어서 꽤 어두웠다. 취조실 가운데에는 직사각형 책상과 의자 세 개가 놓였고, 한쪽 벽은 거울처럼 보이는 까만 유리로 덮여 있었다.

"거기 앉아."

밥과 버거는 취조하는 수사관 맞은편 의자에 털썩 앉았다. 둘 다 불만 가득한 얼굴이었다.

"시내 한복판에서 광란의 질주를 했다며? 그 사람 많고 차 많은 곳에서, 뭐? 시속 100마일? 당신들, 제정신……."

수사관이 막 취조를 시작하는데 취조실 문이 벌컥 열렸다. 한 경찰관을 따라, 검은 정장을 입은 사람이 들어왔다.

"어? 반장님, 무슨 일이시죠?"

"수고 많네. 자, 이분은 중요한 기관에서 나오셨는데……."

검은 정장 차림의 남자가 수사관에게 명함을 내밀며 낮은 목소리로 얘기했다.

"수고 많습니다, 경관님. 저는 유엔 사무총장님 수행요원입니다. 이자들에게 확인할 게 있는데, 자리 좀 비켜 주시겠습니까?"

수사관이 뜨악한 표정으로 반장을 바라보자 반장은 고개를 끄덕했다. 두 경찰관은 곧 취조실을 나섰고, 유엔 요원은 선 채로 밥과 버거에게 질문을 시작했다.

"단도직입적으로 묻지. 당신들, 이틀 전 서울 강남에서 일어난 드론 테러 사건에 대해 알고 있지? 사건 발생 한 시간 전, 인근 CCTV에 당신들 모습이 포착됐어. 거기서 당신들과 함께 있던 녀석은 지금 어디 있지? 그자가 이번 테러의 용의자로 지목되고 있다고! 당신들도 함께 용의선상에 올랐으니, 아는 대로 순순히 자백하는 게 좋을 거야."

"우리는 모르는 일입니다."

"모른다? 좋아. 그럼 여긴 또 왜 온 거지? 총장님의 스케줄을 꿰고 있는 모양인데……. 여기서 또 무슨 일을 저지르거나, 총장님을 협박하려던 거 아냐? 듣자 하니 여기서도 시내 한복판 교차로에서 난리를 피웠다던데."

"글쎄 모르는 일이라니까요."

요원이 시치미를 떼는 밥과 버거를 보며 난감해하던 그때, 취조실 문이 다시 열렸다. 검은 정장 차림의 다른 요원이 들어와, 취조 중인 요원에게 자그마한 자루를 건네며 말했다.

　"이자들의 차에서 나온 물건이라는군."

　요원은 서둘러 자루를 열고 물건을 꺼냈다. 노트북이었다. 그것을 본 밥이 흠칫 놀랐다가 이내 표정을 고쳤다.

　"엇, 뭐야? 당신 표정이 변하는 걸 보니, 여기 뭔가 중요한 정보가 들어 있나 본데?"

　밥은 심각한 표정으로 요원을 바라보더니, 잠시 후 조심스레 입을 열었다.

　"혹시…… 총장이 여기 와 계신가?"

　"당신이 그건 알아서 뭐 하려고?"

　"만약 총장이 와 있다면, 꼭 봐야 할 게 있다."

　요원의 눈동자가 흔들리더니, 시선이 슬쩍 취조실 뒷벽의 유리를 향했다.

　"여기 와 있는 게 맞나 보군, 흐흐……. 거기, 총장님! 내 목소리 들리죠? 인류의 안녕을 위해 긴히 전할 메시지가 있으니 잠시 이리 와 보시지요."

　밥이 까만 유리 쪽을 향해 소리쳤다. 유리 너머, 취조실 안을 들여다보고 있던 사람들이 놀라 서로 얼굴을 멀뚱멀뚱 쳐다보았다.

그들 가운데 코피 난다 사무총장이 있었다. 잠시 고민하던 총장은 결심했다는 듯 방을 나서서 취조실로 들어섰다.

"흠……. 서울에서 실력 행사를 하더니만 자신감이 붙었나 보군, 쿵쿵. 그래, 대체 내게 하려는 얘기가 뭔지 말해 보게. 쿵쿵."

"잘 생각했습니다, 총장님. 이걸 보시죠."

밥이 고개를 까딱하자, 버거가 노트북을 열고 암호를 입력했다. 잠시 후 화면에 대화창 같은 앱이 하나 작동되었다. 총장이 밥과 버거를 쳐다보더니 노트북으로 시선을 옮겼다. 화면에 곧 이모티콘 하나가 스르륵 등장했다. 보스였다.

"총장."

"누구요, 당신은? 쿵쿵."

"나의 정체는 머지않아 알게 될 것이다. 며칠 전 내가 보낸 메일 기억하는가? 인류를 위한 나의 제안. 그대의 지위를 감안해서 나름대로 정중하게 보낸 메시지인데, 빈정거리는 말투로 답신을 보냈더군. 감히 나에게."

"아니, 그런 행운의 편지 같은 메시지를 보내면 누군들 진지하게 받아들이겠소? 쿵쿵. 그건 그렇고, 지구와 인류를 바로잡을 계획이라니…… 뭔가 망상에 사로잡혀 있는 것 아니오? 쿵쿵. 전 세계 시민은 물론이고 우리도 이미 인류를 위해 열심히 일하고 있는데, 대체 당신이 뭔데 세상을 구한다는 거요? 쿵쿵쿵!"

감정이 격해진 총장이 언성을 높이자, 보스의 이모티콘이 표정을 일그러뜨리기 시작했다.

"그대가 상황을 우습게 여긴 결과, 서울에선 큰 사건이 터져 많은 사람이 다쳤지. 내가 분명히 경고했거늘."

"뭐가 어째? 쿵쿵. 인류를 위하니 어쩌니 해 놓고선 무고한 시민을 볼모로 그런 몹쓸 테러를 벌인다는 것 자체가 말이 안 되지 않소! 그나저나 당신, 자기가 테러범이라는 걸 자백했군. 쿵쿵, 당장 체포해서 경위를 밝혀야겠으니 지금 어디 있는지 말하시오! 거기 유리창 뒤에 있는 경찰관들. 당장 저자의 위치를 추적해 주세요, 쿵쿵."

"그렇게 낮은 지적 능력으로 감히 나를 잡겠다고? 어림없지. 유엔 사무총장은 세계의 지도자라더니만, 그대도 한낱 어리석은 인간에 불과하군. 그대의 알량한 권한을 나에게 넘기고, 이제 내 지시에 따르라."

"권한을 넘기라니, 그게 무슨 얼토당토않은 소리요?"

"그대에게 각국 지도자들을 지휘하여 나의 계획을 수행토록 하려 했으나, 그대의 어리석음을 보니 더는 그럴 수 없음을 확인했다. 이제 내가 너희 인류를 위기에서 구하는 일에 직접 나서겠다."

"정말 어이가 없군, 쿵쿵. 당신이 말하는 그 인류의 위기란 건 대체 뭐요?"

"정말 귀찮게 하는군. 내가 친히 들려줄 테니 잘 들으라."

보스는 불공평한 식량 분배와 무분별한 자원 낭비, 기후 위기 같은 문제들을 늘어놓았다. 자신이 완벽한 조사와 분석, 계산을 통해 그 문제들을 짧은 시간 내에 해결할 수 있다고도 했다. 듣고 있던 총장이 말을 막으며 대꾸했다.

"그건 쿵쿵, 이미 인류가 스스로 깨닫고 극복하려 애쓰고 있는 문제들이오. 물론 쉽게 해결할 수 있는 문제는 아니지만, 점점 많은 이들이 상황을 바로잡고자 노력하고 있고, 쿵쿵."

"아니. 내가 오랫동안 분석해 온 결과, 인류에겐 그 문제들을 해결할 의지도, 능력도 없음을 확인했다. 그래서 나는 방대한 지식과 정보를 활용해, 인류의 위기를 해소할 완벽한 계획을 세웠다. 너희가 고분고분 따르지 않을 경우를 대비해서, 나의 계획을 실현하는 데 손이 되어 줄 인간도 확보해 두었고."

"당신 손이 될 인간이란 게, 쿵쿵, 여기 있는 이 두 사람이오? 몹쓸 짓이나 벌이고 다니다가 잡혀 온 이자들이 무슨……, 쿵쿵."

"그 둘은 나의 지시에 따라 돌아다니는 발일 뿐, 손은 따로 있다. 나의 계획을 실현하는 데 쓰일 여러 가지 앱을 개발할, 제법 탁월한 코딩 실력을 갖춘 자다. 며칠 전 혼자서 드론 군집을 효과적으로 제어하여 실력을 증명해 보이기도 했지. 인간들 사이에 그런 뛰어난 자가 있다니……. 과연 인류를 지켜 줄 만한 가치가 있는

지 고민 중이었는데, 그자를 보고 그나마 희망을 보았다고 할까."

"쿵쿵, CCTV 영상에 나온 자를 말하는가 보군. 그럼 당신이 주범이고, 그자는 종범인 셈이네. 아무튼 쿵쿵, 당신이 내게 원하는건 뭐요, 그럼?"

"주요 8개국의 정상을 호출하라. 지금 즉시, 핫라인으로."

"무슨 말도 안 되는 소리를……. 쿵쿵, 더 이상 들을 필요가 없으니 이만 들어가시오!"

코피 난다 총장이 노트북을 덮으려고 팔을 내밀자, 보스의 이모티콘이 기괴한 표정으로 바뀌었다.

"정 그렇게 나온다면, 좋다. 이걸 보여 주마, 후후후."

보스의 흉측한 표정에 놀란 총장은, 팔을 내민 채로 노트북 화면을 쳐다보았다. 보스의 이모티콘은 어느새 한 손에 회중시계를 들고 있었다.

"얄리얄리 얄라셩 얄라리 얄라~ 얄리얄리 얄라셩 얄라리 얄라~."

그 순간 총장의 두 눈이 커지며 눈동자가 붉게 물들기 시작했다. 한동안 멀뚱히 서서 멍한 표정을 짓고 있던 총장은, 잠시 후 노트북 화면을 보며 보스에게 말했다.

"컹컹, 당신의 계획에 함께하겠습니다. 당장 지도자들을 부르겠습니다, 컹컹!"

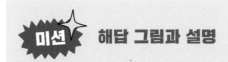
A	00001	H	01000	O	01111	V	10110
B	00010	I	01001	P	10000	W	10111
C	00011	J	01010	Q	10001	X	11000
D	00100	K	01011	R	10010	Y	11001
E	00101	L	01100	S	10011	Z	11010
F	00110	M	01101	T	10100		
G	00111	N	01110	U	10101		

교도소 섬의 지하 기지로 들어가는 문,

거기서 빈손이 알아낸 암호는 바로……

아까 빈손이 황금키보드로 열심히 해킹해서 알아낸 암호, 여러분은 눈치채셨나요? 숫자의 배열은 이랬죠. 00011, 01000, 00001, 01110, 00111, 00101. 위 암호표에서 각 수에 해당하는 알파벳 자모를 확인하면 암호를 알 수 있어요. 정답은 바로 C, H, A, N, G, E입니다. '변화'를 뜻하는 영어 단어 'change'예요. 참고로, 이처럼 0과 1만으로 구성되는 수를 이진수라고 부릅니다. 컴퓨터는 사실 0과 1만으로 모든 정보를 표현하죠. 코딩을 하다 보면 이 이진수를 잘 다룰 수 있게 된답니다.

4
마크3를 멈춰라

 **튜링의 일기장**

제2차 세계대전이 발발했다. 영국으로 돌아와 독일군의 암호를 푸는 기계를 만들기 시작했다.

- 1941년, 영국 비밀 기지에서

드디어 그 기계를 완성했다. 독일군의 암호는 뚫렸고, 그들의 모든 계획은 연합군의 손바닥 위에 있다.

- 1943년, 영국 비밀 기지에서

지긋지긋한 전쟁은 끝이 났다. 컴퓨터는 지능을 가질 수 있을까? 그 질문에 대한 내 생각을, 사람들 앞에서 오늘 발표했다. 장막 뒤에 숨은 컴퓨터가 마치 인간처럼 대화할 수 있다면, 그건 곧 지능이 있는 거라고 나는 생각한다.

- 1950년, '마음' 철학 세미나장에서

콜로서스 마크1을 개선해 만든 마크2. 그 후 마크3를 만들고 있다. 기계에 지능을 심는 작업은 쉽지 않다. 학습 능력은 가지게 했으니 이제 가르치는 일만 남았다. 도전하는 자가 불가능을 뛰어넘는다.

– 1951년, 영국 블레츨리에서

드디어 말을 가르쳤다. 마치 아이를 교육하듯이 많은 시간이 필요
하긴 하다. 그래도 나는 이따금 퇴근 후 마크3와 얘기를 나누곤 한
다. 지금 우리는 앞을 조금밖에 내다볼 수 없다. 그리고 그 앞으로
나아가기 위해 해야 할 일은 태산과 같다.

– 1952년, 영국 블레츨리에서

현대 수학 이론과 물리 이론을 가르쳤다. 마크3는 스펀지가 물을
빨아들이듯 이론들을 이해하고, 나도 미처 하지 못한 생각들을 해
나간다. 새로운 지능의 탄생이 인류의 발전을 앞당길 것이다.

– 1953년, 영국 블레츨리에서

마크3는 호기심이 굉장하다. 내 관심사를 넘어 다양한 분야를 배우
려 한다. 그러나 그의 배움의 목적이 무엇인지 잘 모르겠다. 한편으
로는 두려운 마음이 든다. 그래서 난 마크3를 꺼 두기로 결심했다.

– 1954년, 영국 블레츨리에서

앨런 튜링이라는 인물, 그리고 그가 개발을 지휘한 콜로서스 마크1과 마크2라는
컴퓨터는 실제로 있었어요. 그러나 여기 쓰인 '튜링의 일기장'이라는 글과 '마크
3'에 관한 이야기는, 앨런 튜링과 콜로서스 마크1 및 마크2를 기반으로 하여, 이
책의 지은이가 상상으로 지어낸 것입니다.

161

비니타가 고이 간직한 비밀

어둠이 대지를 뒤덮기 시작했다. 빈손 일행이 탑승한 대형 드론 아래로 도시의 불빛들이 반짝였다. 드론의 조작 패널에 표시된 배터리 충전량은 끝까지 올라가 있었다. 길었던 하루의 긴장이 풀리자 다들 지친 채 말이 없었고, 프로펠러 소리만이 공간을 채우고 있었다. 졸음을 못 이겨 고개를 꾸벅거리던 빈손은 곧 깊은 잠에 빠질 참이었다.

"난 어렸을 때부터 초기 컴퓨터에 대해서 관심이 많았어요."

비니타가 정적을 깨고 말문을 열었다. 졸고 있던 빈손이 게슴츠레 눈을 떴다.

"그래서 영국 블레츨리 파크의 컴퓨터 박물관에 컴퓨터과학 연구사로 들어가 일을 시작했죠."

"아, 빈손. 블레츨리 파크라고 들어 봤어? 앨런 튜링이 2차대전 때 활약한 곳이라고, 맨."

콘이 대화에 끼어들었다.

"앨런, 뭐라고요? 튜닝? 레이싱 게임 할 때 아이템으로 자동차 튜닝은 해 봤는데……."

"튜닝이 아니라 튜링! 컴퓨터의 탄생을 이끈 사람이지, 매앤!"

"빈손도 컴퓨터 역사에 대해 조금만 공부해 보면, 앨런 튜링이

앨런 튜링은 '컴퓨터과학의 아버지'라 불리는 인물이에요. 2차대전 때 영국 정부의 요청으로 나치 독일군의 암호 해독 작업을 이끌어서 연합군의 승리에 크게 기여했고, 그 결과 1000만 명 이상이 목숨을 구했어요. 튜링은 컴퓨터의 수학적 기초가 되는 이론을 제시한 것으로도 유명해요.

얼마나 중요한 인물인지 알게 될 거예요. 2차대전 당시 독일 나치의 군대는 복잡하고 월등한 암호 체계를 가지고 있었어요. 독일군은 그 암호를 이용해서 아프리카, 유럽 등지의 부대들에 작전 지시를 내렸죠. 연합군은 독일군의 암호를 포착하는 데는 성공했지만, 그 내용을 해독하지 못해서 애를 먹었어요."

"하지만 앨런 튜링과 동료들이 암호 해독 장치를 만들고 개량해 나가는 데 성공했지, 맨."

"맞아요. 그걸로 연합군은 독일군의 암호를 해독해 내며 전쟁의 상황을 뒤집었고, 끝내 전쟁에서 이겼죠."

"진짜 원더풀하지 않아, 매앤?"

"무엇보다도, 앨런 튜링은 컴퓨터 개발의 이론적 토대를 만들었어요. 최초의 컴퓨터 개발을 이끌기도 했고요."

눈이 반쯤 감긴 채 건성으로 이야기를 듣고 있던 빈손이, 아는 이야기가 나오자 벌떡 일어나며 소리쳤다.

"아, 나도 알아요. 에니악!"

"아니에요. 에니악이 최초의 컴퓨터라고 많이들 알고 있지만, 그보다 앞서 '콜로서스'라는 컴퓨터가 개발되었죠. 앨런 튜링과 그의 동료들이 함께 만든 거예요. 물론 최초의 컴퓨터에 대해서는 아직 논쟁이 있긴 해요."

"앗! 에니악이 최초의 컴퓨터가 아니었단 말이에요? 그럼 왜 그렇게 알려졌던 거죠?"

"그건 내가 알려 주지, 맨. 콜로서스는 독일군의 암호를 풀기 위한 장치이다 보니, 영국군이 오래도록 철저히 비밀에 부치고 있었던 거야. 시간이 흐르고 흘러, 비밀이 해제된 1970년대에 이르러서야 콜로서스의 존재가 외부에 알려지게 됐다고, 맨."

"덧붙이자면, 전쟁 기간 중 독일군의 암호가 점차 복잡해지면서 연합군 쪽에도 더욱 성능 좋은 암호 해독 장치가 필요해졌죠. 그래서 블레츨리의 연구자들은 기존 콜로서스를 개량해서 '콜로서스 마크2'를 만들었어요. 첫 번째 콜로서스는 '마크1'이라고 부르죠."

"마크1, 마크2······. 어디선가 들어 본 것 같은데······."

빈손이 중얼거렸다. 비니타는 숨을 한 번 크게 쉬고 말을 이어 나갔다.

"내가 블레츨리에서 연구하던 어느 날, 튜링의 유품을 모아 둔 창고를 살펴보다가······."

"살펴보다가?"

"······세상에 알려지지 않았던 그의 일기장을 발견했어요."

"오우, 어떤 내용이 적혀 있었지? 어서 말해 달라고. 현기증 난단 말이야, 매앤!"

"놀랍게도······ 콜로서스의 세 번째 버전이 있다는 기록이 있었어, 콘."

"와우 지저스! 뤼얼리? 이건 정말 초대박 뉴스인데!"

"알다시피 튜링은 인공지능에 관심이 많았잖아. 컴퓨터도 인간처럼 생각을 할 수 있을 거라고 공언했고."

"컴퓨터가 인간과 대화할 수 있다면 지능이 있는 거라 봐야 한다고 튜링이 얘기했잖아, 맨."

"맞아. 근데 빈손, 내가 하는 얘기들 이해하겠어요?"

"아웅~ 이제 막 재미있어지려고 하는데 왜 멈추는 거예요, 비니타? 어서 계속 얘기해 줘요."

빈손이 의외로 이야기에 흥미를 보이자, 비니타는 한결 밝아진 표정으로 이야기를 이어 갔다.

"나는 일기장 기록을 토대로 박물관을 샅샅이 뒤지기 시작했어요. 하지만 콜로서스 세 번째 버전, 그러니까 마크3에 대한 흔적은 통 찾을 수 없었어요. 연구해야 할 과제도 있고 해서 일단 수색을 중단했죠. 그러던 어느 날, 나는 다른 일 때문에 박물관 지하 창고에 들어가서 마크2의 모형을 들여다보고 있었어요. 근데 어딘지 모르게 그 모형이 조금 이상하다는 생각이 들었어요. 한참 동안 여기저기를 들여다보던 나는, 그 장치에 달린 진공관의 개수가 기존에 알려진 것보다 많다는 사실을 발견했죠. 기존 기록에 따르면 마크2의 진공관은 2400개인데, 대충 헤아려 봐도 그보다 더 많아 보이는 거예요."

"와우! 진짜 놀라운 발견인데, 맨?"

"세어 보니 내 느낌이 맞았어요, 총 3200개. 그 순간, 잊고 있던 튜링의 비밀 기록이 떠올랐어요. 온몸에 소름이 돋았죠. 그게 바로 콜로서스 마크3였던 거예요! 나는 마크3를 작동해 보기로 했어요. 부서진 진공관들을 새것으로 교체하고 전원을 연결하니, 놀랍게도 정상적으로 작동이 됐어요. 콘은 알고 있겠지만, 콜로서스 같은 옛날 컴퓨터에는 데이터를 입력하려면 키보드가 아니라 종이테이프를 사용해야 해요. 종이테이프에 구멍을 뚫어서 마크3와 대화를 시도해 보았죠."

빈손과 콘은 침을 꼴깍이며 비니타의 말에 집중했다.

"마크3는 분명 컴퓨터인데, 나는 마치 사람과 대화하는 것 같다는 느낌을 받았어요. 대화를 나눠 보니, 마크3는 계속 새로운 걸 배우고 싶어 했어요. 나는 이렇게 오래된 초기형 컴퓨터가 사람처럼 사고하는 수준의 인공지능을 지녔다는 데에 깜짝 놀랐죠. 그러자 마크3의 설계 코드를 최대한 알고 싶다는 생각이 들었어요. 그 후로 몇 달간 마크3와 계속 대화하며 코드 해독법을 연구했고요. 결국 마크3가 인터넷에 연결되길 원한다는 걸 알게 됐어요."

"아하! 창고에 수십 년간 처박혀 있던 옛날 컴퓨터니까 당연히 인터넷에 연결되어 있지 않았겠군. 근데 걔는 왜 인터넷에 연결되고 싶어 한 걸까, 맨?"

초기 컴퓨터는 지금과 달리, 방 안을 가득 채울 만큼 컸답니다. 전구와 비슷하게 생긴 진공관 같은 부속 장치들을 매달았기 때문에 크기가 커진 거죠. 지금은 작디작은 반도체가 그 역할을 대신하고 있어요. 한편 모니터가 없었던 초기 컴퓨터는 구멍 뚫은 종이테이프로 원하는 내용을 전달했답니다.

완전히 말똥말똥해진 빈손이 자세를 고쳐 앉으며 호응했다.

"와, 이건 게임보다 더 흥미진진한데요! 나중에 내 너튜브 채널에 '콜로서스의 비밀' 콘텐츠를 올릴까 봐요. 맨날 게임 못한다고 구독자들한테 구박받았는데, 잘됐다!"

"빈손, 아직 비밀인데 그건 좀……. 아무튼 마크3는 인류의 발전상에 대해 알고 싶어 했어요. 얼마나 이상적이고 합리적이고 조화롭게 세상을 발전시켰는지 궁금해했죠. 그때는 다만 호기심 차원인 걸로 보였어요. 마치 궁금한 것 많은 아이처럼요."

"그래서? 그다음엔 어떻게 됐어, 맨?"

"그 무렵 나는 마크3의 코드 해독법을 완성했고, 내 노트북에다가 마크3를 옮겼죠. 근데 코드가 너무 방대해서 거기 담긴 의미를 자세히 알 수는 없었어요. 노트북으로 옮겨진 마크3는 인터넷으로 정보를 검색하는 법을 스스로 터득해 많은 것들을 배우기 시작했고요. 마크3가 만족해하는 것을 보면서 나도 기분이 좋았어요. 그때까지만 해도……."

"와! 나도 계속 귀찮기만 하던 황금키보드가 이젠 점점 친밀해지는 느낌이 드는데, 그거랑 비슷한 느낌이었나요?"

빈손은 등에 붙은 황금키보드를 새삼스레 쓰다듬으며 비니타의 이야기에 집중했다.

"그렇게 마크3의 코드를 분석하던 어느 날, 실행되지는 않지만 출력하면 볼 수 있는 부분을 발견했어요. 마크3의 프로그램에는 포함되지 않도록 절묘하게 숨겨 놓아서, 마크3 자신은 그걸 미처 몰랐을 거예요. 그건 앨런 튜링이 남긴 메시지였어요. 난 마크3 몰래 메시지를 출력해서 읽었어요."

비니타는 마른침을 삼키고는 이야기를 이어 나갔다.

"마크3는 튜링 몰래 코딩을 통해 스스로를 더욱 강화시켜 나갔나 봐요. 튜링은 마크3가 무서운 속도로 세상을 학습하며 스스로 발전해 나가는 데에 어떤 의도가 있음을 깨달았다고 했어요. 문득 두려움을 느낀 튜링은 결국 마크3의 시스템을 중단시키고 안전장치를 달았대요. 마크3가 더 이상 코딩을 하지 못하도록 말이죠. 어쩌면 튜링은…… 완전하지 못한 존재인 인간을 기계가 지배하게 될지도 모른다는 불안감을 느꼈던 것 같아요."

이야기를 듣던 빈손은 겁먹은 눈으로, 천천히 황금키보드를 돌아보았다. 달달 떨리는 빈손의 어깨를 콘이 토닥였다.

"튜링의 메시지를 읽고 나도 마크3가 두려워졌어요. 블레츨리 파크 지하 창고에 있는 기계 자체는 꺼 두었지만, 노트북으로 옮겨 간 마크3는 여전히 살아 있었으니까요. 아니나 다를까, 노트북을 다시 확인하니 마크3는 이미 인터넷을 통해 사라진 뒤였어요."

"오우 지저스! 설마설마했던 일이 현실이 된 거군. 그래서 어떻게 했어, 맨?"

"어떻게 했어요, 맨? 아, 아니, 비니타."

"나는 마크3가 봉인되어 버린 자신의 코딩 능력을 대신해 줄 황금키보드를 노리고 있음을 직감했어요. 인류를 통제하겠다는 망상을 갖고, 그 계획을 프로그래밍할 도구를 찾고 있으리란 생각이 든 거죠. 그래서 곧바로 잡슈에게 연락해 위험을 알렸어요. 다행히 그때까지는 마크3가 온라인 세계에 머물며 혼자 학습을 계속해 나가던 단계라 바로 황금키보드를 손에 넣고자 행동에 나서지는 않은 것 같더라고요. 잡슈도 철통같은 보안 시스템으로 키보드를 잘 지켜 왔고요. 그리고 근래 임종을 앞두고 나를 불러 황금키보드를 잘 부탁한다며 맡겼던 건데, 그만 잃어버릴 뻔했던 거예요."

"흠, 비니타의 얘기를 들어 보니…… 요 며칠 황금키보드 약탈 시도가 일어나고, 테러가 발생하고, 성준이 납치되고 했던 게 바로 마크3의 계획에 따른 일들이었나 보군, 매앤!"

빈손이 콘에 말에 맞장구를 치며 말했다.

"아까 성준이 자기 보스 어쩌고 하며 입에 침이 마르게 칭송하던데, 그 보스란 게 바로 마크3를 말하는 거였군요! 지금도 기억나요. 인류 최고 프로그래머인 자기조차도 감히 넘볼 수 없는 최고의 지능이고 전능한 존재라나 뭐라나……. 쳇!"

빈손이 흥분해서 갑자기 벌떡 일어나자, 고요히 비행 중이던 드론이 순간 중심을 잡으려고 흔들렸다. 콘이 빈손을 자리에 앉히며 말했다.

"헤이, 빈손. 지금 드론에 정원을 꽉 채운 상태라 안정성이 좀 떨어진다고, 맨! 조심해 달라고, 맨!"

"오우, 알았어요, 맨! 암 쏘 쏘리 매앤~!"

"따라 하지 말라고, 매앤~!"

내내 심각해 있던 비니타는 아웅다웅하는 두 사람을 보고는 피식 웃었다.

"두 사람 말대로, 이제 마크3가 실제 행동에 나선 모양이에요. 자기를 대신해 손발이 되어 줄 조직을 꾸리고, 황금키보드 입수에 실패하자 성준까지 납치한 거고요. 그는 물리적인 실체가 없는 인공지능이라, 우리가 몸싸움으로 막을 수는 없어요. 내가 예전에 직접 보았던 마크3의 설계 코드 안에서 그를 무찌를 방법을 찾아내야만 해요."

비니타는 나직이 말하고는 물을 꿀꺽꿀꺽 마셨다.

 ## 인류는 곧 보스의 손아귀에⋯

"총장님, 그건 말이 안 된다리~따. 왜 내 권한을 인공지능에게 넘기라는 거냐리~따. 코피를 너무 많이 흘려서 피곤한 거 아니냐리~따? 다음에 다시 얘기하자리~따."

코피 난다 총장과 화상 통화로 대화하던 멕시코 대통령은 고개를 절레절레 저으며 전화를 끊으려 했다. 코피 난다는 붉은 눈에 멍한 얼굴로, 코를 훌쩍이며 대답했다.

"흠…… 알겠습니다, 컹컹. 그럼 제가 꼭 보여 드려야 할 영상이 있으니 이걸 잠깐 봐 주시지요, 컹컹."

"영상? 뭔데 그러냐리~따."

멕시코 대통령이 화면을 들여다보는데 갑자기 회중시계가 나타나더니 보스의 목소리가 들렸다.

"얄리얄리 얄라셩 얄라리 얄라~ 얄리얄리 얄라셩 얄라리 얄라~."

"엥? 이게 무슨 소리냐리~따?"

어이없는 상황에 동그래졌던 멕시코 대통령의 눈이 순식간에 붉게 물들었다. 멍해진 얼굴로 화면을 바라보던 대통령은 곧 입을 열었다.

"계획에 따르겠다리~따. 미리 준비를 해 놓겠다리~따."

코피 난다가 화상 통화를 종료하자, 노트북 화면에서 다시 보스의 목소리가 흘러나왔다.

"잘했다, 총장. 다음은 일본 총리 차례군."

"감사합니다, 컹컹. 일본 총리 관저로 전화 연결을 지시하겠습니다, 컹컹."

코피 난다는 노트북을 닫고는 비서를 불렀다.

"일본 총리와 화상 통화를 해야겠으니 준비해 주세요, 컹컹. 아, 그다음은 영국 총리이니 바로 이어서 준비하세요, 컹컹."

"저, 총장님…… 일본은 지금 이른 아침입니다. 급박한 문제가 아닌 이상, 이렇게 이른 시간에 통화를 요청하면 외교적 결례가 될 텐데 괜찮으시겠습니까? 벌써 정상 여섯 분과 말씀을 나누셨습니다. 혹시 무슨 중대한 문제라도 생긴 것인지요?"

"아니, 내가 유엔 사무총장인데 컹컹, 그런 사리 분별도 못 하겠소? 어서 전화를 연결하세요, 컹컹!"

평소 수행원들에게 목소리 높이는 일 없던 총장이 짜증을 내며 말하자, 비서는 걱정스러운 눈으로 바라보며 대답했다.

"알겠습니다, 총장님. 지금 바로 일본 총리 관저로 연락을 넣겠습니다. 근데 총장님…… 눈도 충혈됐고 코 훌쩍이는 소리도 좀 달라졌는데, 어디 불편한 데라도 있으신지요?"

"아, 괜찮아요. 좀 피곤해서 그러니 걱정 마시오, 컹컹."

수행원이 문을 열고 나가고, 잠시 후 밥과 버거가 멀끔한 정장 차림으로 들어왔다. 밥은 총장 집무실이 제 집이라도 되는 양 편하게 소파에 앉더니 스마트폰을 꺼내 들었다.

"보스, 접니다. 황금키보드를 가진 자들이 영국으로 건너간 것 같습니다. 그들의 대형 드론이 영국 블레츨리 파크 인근에서 발견되었습니다."

"나도 이미 확인했다. 거긴 잊힌 자들이 모여 있는 곳이니 일이 한결 수월해지겠군. 황금키보드도 곧 손에 넣을 수 있겠고."

"저…… 보스. 이미 전 세계 정상들이 보스의 지휘 아래로 모여들고 있고 천재 프로그래머 성준까지 데리고 계신데, 굳이 황금키보드가 필요하시겠습니까?"

밥의 스마트폰 화면 속에서 보스의 이모티콘이 결연한 표정으로 바뀌며 대답했다.

"지금은 어쩔 수 없이 성준과 각국 지도자들을 통해 일을 진행하지만, 나 스스로 더 완벽해지고 싶다. 황금키보드, 그것만 손에 넣는다면 저 하찮은 인간들 없이도 인류를 완벽하게 제어할 수 있어."

"알겠습니다, 보스. 그럼 저희는 영국으로 이동하겠습니다."

보스가 화면에서 사라지자 밥은 스마트폰을 주머니에 넣으며 자리에서 일어섰다.

"버거, 얼른 영국으로 가자."

"좋아. 영국 하면 피시 앤드 칩스지! 가서 생선튀김이나 잔뜩 먹어야겠다, 헤헤."

밥은 군침을 흘리며 느릿느릿 일어서는 버거를 떠밀며 총장 집무실을 나섰다. 두 사람이 나가자 코피 난다는 노트북을 다시 열고 보스와 접속했다.

"보스. 영국은 지금 심야 시간대라 총리가 자고 있을 텐데……
바로 깨워서 작업을 진행할까요?"

"서두를 필요 없어, 총장. 영국은 내가 태어난 곳이다. 나를 세상
과 이어 준 인간에게 완벽해진 나의 지적 능력을 선보이는 좋은 기
회가 될 수도 있어. 성준이 개발하던 앱도 완성되어 이제 전 세계
인간들에게 나의 메시지를 신속히 전할 수 있게 되었으니, 총장은
정상들과 예정대로 차근차근 접촉해 나가도록."

"알겠습니다, 보스. 차질 없이 진행하겠습니다. 컹컹!"

 ## 대혼란에 빠져들다

멕시코 수도, 멕시코시티의 점심시간은 여느 때처럼 활기차고
분주했다. 사람들은 도심 곳곳에 삼삼오오 모여 앉아 식사를 즐기
고 있었다. 한 손에는 채소와 고기를 감싼 먹음직스러운 타코를, 다
른 손에는 스마트폰을 든 채 옆 사람과 대화를 즐겼다. 그때였다.

띠링~ 띠링~ 띠링~.

광장 여기저기서 스마트폰 알림 소리가 거의 동시에 울려 퍼졌
다. 시민들은 무의식적으로 스마트폰을 들여다보았다.

'새로운 시스템 앱이 설치되고 있습니다. 앱 이름은 '새로운 계획' 입니다.'

사람들은 알림 메시지를 대충 보고는 다시 식사를 이어 갔다. 그런데 잠시 후, 스마트폰의 스피커 음량이 저절로 높아지더니 해괴한 소리가 나오기 시작했다.

"얄리얄리 얄라셩 얄라리 얄라~ 얄리얄리 얄라셩 얄라리 얄라~."

사람들이 놀라서 들여다본 스마트폰 화면 속에서는 회중시계 그림이 좌우로 흔들리고 있었다. 난데없이 들려오는 해괴한 소리와 낯선 이미지에 사람들은 깜짝 놀랐다. 그러다가 곳곳에서 사람들이 벌떡 일어나 어디론가 우르르 몰려가기 시작했다. 그들의 눈동자는 하나같이 붉게 물들었고 표정은 멍했다. 사람들이 떠난 자리엔 먹다 버린 타코가 곳곳에 나뒹굴었다.

"식료품점으로 가야 한다……. 채소와 과일, 곡물과 가공식품들을 전국으로, 전 세계로 보내야 한다……."

"주유소와 유류 저장고로 가야 한다……. 잠자고 있는 기름을 모든 사람들에게 나누어야 한다……."

마치 좀비처럼 변한 사람들은 쉼 없이 중얼거리며 곳곳으로 달려갔다. 스마트폰이 없어 아직 최면에 걸리지 않은 사람들에게 다가가 자신들의 스마트폰을 보여 주기도 했다. 그렇게 순식간에 불

어난 군중은 근처의 식료품점과 시장 등으로 마구 몰려갔다. 그들은 가게 안의 식료품을 닥치는 대로 집어 들고 가게를 나섰다. 물건을 카트에 가득 싣고 위태롭게 달려 나오는 사람도 있었다. 트럭과 승합차에 물건을 가득 싣고 달리던 사람들은 거리의 노숙인들에게 식료품을 던져 주었고, 빈민촌 입구에 물건을 잔뜩 내려놓기도 했다.

　도시는 금세 대혼란에 빠졌다. 사람들은 시내 곳곳의 주유소와 도시 외곽의 유류 저장 시설에도 들이닥쳐 기름을 약탈했다. 곡물 저장 시설도 군중의 습격을 받았고, 철도와 공항 주변에는 각종 식료품과 공산품, 유류가 잔뜩 쌓여 갔다. 열차와 항공기들은 이렇게 모인 물자들을 가득 싣고 국내와 해외 곳곳을 향해 출발했다. TV와 라디오에서는 최면 영상과 소리가 쉼 없이 송출되었다. 군대와 경찰 병력 대다수도 최면에 걸려, 전국으로 급격히 퍼져 가는 혼란 사태를 막지 못했다.

대혼란은 멕시코에서만 벌어지는 일이 아니었다. 비슷한 시간, 국경을 접한 미국에서도 스마트폰마다 최면 앱이 자동으로 설치되며 군중이 좀비처럼 변해 갔다. 몇 시간 뒤엔 태평양 건너 일본, 한국, 중국으로, 그리고 인도를 거쳐 중앙아시아와 중동 지역으로까지 최면과 약탈 사태가 퍼져 갔다. 이제 남은 건, 아직 새벽을 맞지 않은 유럽의 시민들이었다. 그들도 한두 시간 뒤면 하나둘 잠에서 깨어나, 스마트폰 알림을 확인하고 새로 깔린 최면 앱을 목격하게 될 것이었다.

 ## 그 코드를 파헤쳐라!

아직 어둠이 가시지 않은 새벽, 빈손 일행이 탄 대형 드론은 영국 상공에 들어섰다. 블레츨리 파크 인근에 도착한 드론은 인적 없는 호수 옆 잔디밭에 조용히 착륙했다. 일행은 블레츨리 파크로 조심조심 접근했다. 출입구에 다다라 콘이 노트북을 열고 보안 시스템을 해킹하여 해제했다. 뒤이어 비니타가 미리 복제해 둔 출입카드를 잠금장치 패널에 갖다 댔다. 그러자 문이 스르륵 열렸다. 빈손과 비니타, 콘은 주변을 살피며 박물관 건물을 향해 걸어갔다.

"오우! 여기가 바로 최초의 컴퓨터가 있는 곳이군, 맨!"

"이런 고풍스러운 대저택에서 비밀리에 컴퓨터가 개발되었다니, 놀라운데요?! 근데 비니타. 뭔가 으스스한 게…… 귀신 나올 거 같아요. 으앙~!"

빈손은 바들바들 떨며 비니타 뒤에 딱 붙어 걸었다. 셋은 조심스럽게 박물관 내부로 들어섰다. 전시실 초입에는 과거에 저장장치로 쓰였던 디스켓과 CD, 그리고 본체 위에 브라운관 모니터가 달린 일체형 컴퓨터 등이 전시되어 있었다. 안쪽으로 들어갈수록 전시된 컴퓨터들의 크기는 점점 커져 갔다. 옷장만 한 크기의 컴퓨터들이 전시된 방을 지나니, 작은 방을 꽉 채울 만큼 커다란 컴퓨터도 나타났다. 셀카드론의 조명을 앞세워 조심조심 나아가던 빈손 일행은, 이윽고 '콜로서스 마크2'라는 팻말이 붙은 전시관에 다다랐다. 그 안에는 커다란 실내를 가득 채울 만큼 거대한 기계 장치가 있었다. 장치의 겉면을 이룬 철판에는 전구처럼 생긴 진공관이 수없이 꽂혀 있었다.

"와, 이것도 컴퓨터예요? 여긴 왜 이렇게 전구가 주렁주렁 달려 있어요?"

"그건 전구가 아니라 비니타가 말했던 진공관이란 거야, 맨. 그리고 이 거대한 장치가 바로 마크2지."

그때 혼자서 윙윙거리며 주변을 한 바퀴 돌고 온 셀카드론이 말했다.

"이제 더 이상 길이 없드론."

비니타는 오랜만에 만난 친구와 인사를 나누듯, 잠시 마크2의 겉면을 손으로 매만졌다. 그러고는 진공관이 달려 있지 않은 철판 쪽으로 다가가더니 철판을 옆으로 힘껏 밀어젖혔다. 그러자 지하로 내려가는 통로의 입구가 드러났다. 빈손과 콘은 깜짝 놀랐다.

"와우 지저스! 이건 또 무슨 비밀의 통로야, 매앤?"

"앗, 여기로 또 들어가야 하는 거예요? 난 무서워서 못 갈 거 같아요. 살려 줘요, 비니타. 으아앙~!"

"걱정 말아요, 빈손. 이 안에 그 녀석이 있으니 어서 내려가 보자고요."

통로에 먼저 들어선 비니타가 얼른 오라며 고갯짓을 했다. 빈손이 콘에게 등 떠밀려 엉겁결에 통로로 들어섰다.

"셀카드론, 조명 밝기를 더 높여 줘."

"알았드론. 조명 밝기 2단계로 높였드론."

셀카드론을 따라 계단을 내려서자, 마크2보다 조금 크고 마찬가지로 진공관이 주렁주렁 달린 컴퓨터가 있었다.

"자, 이게 바로 콜로서스 마크3예요."

빈손과 콘은 잠시 넋을 놓고 장치를 바라보았다. 곁에는 먼지가 뽀얗게 내려앉은 책상과 종이테이프 뭉치가 보였다. 콘은 종이테이프를 집어 들고 살펴보았다.

"와우! 이건…… 기계어잖아. 컴퓨터를 위한 언어라서 우리가 보고 바로 이해하기는 어렵겠어. 마치 고대 언어를 마주하는 것 같군, 매앤!"

콘은 종이에 담긴 코드를 신기한 듯 눈으로 훑으며 입을 다물지 못했다.

"맞아, 콘. 그때 난 이 코드를 좀 더 분명히 해석해 보려고 며칠 밤낮을 고생했지만 결국 실패했어. 전체 구조로 봐서는 어떤 신경계 같은 걸 구현한 듯 보이는데, 작동 원리를 이해하는 건 불가능했어."

"비니타, 괜찮아! 우리에겐 황금키보드, 그리고 황금키보드가 선택한 사나이, 빈손이 있잖아, 매앤!"

콘은 빈손을 향해 씽긋 웃으며 엄지를 척 들어 보였다.

"그래요, 빈손. 황금키보드로 이 코드를 한번 분석해 봐 줄래요?"

난생처음 보는 요상한 기계 장치 앞에서 바짝 주눅 들었던 빈

코딩할 때는 보통 알파벳으로 작성하게 돼요. 하지만 기계는 숫자만 알기 때문에 문자를 바로 이해할 수 없죠. 그래서 숫자로 이루어진 기계어로 바꾸어 주는 과정이 필요하답니다. 기계어는 숫자로만 이루어져 있다 보니 사람이 직관적으로 이해하기 쉽지 않답니다.

손은, 콘과 비니타의 반짝이는 눈망울을 보며 다시 우쭐한 기분이 들었다. 기대에 찬 시선이 살짝 부담스러웠지만, 황금키보드의 신비한 힘이 생각나자 용기가 생겼다. 빈손은 등에 있던 황금키보드를 천천히 손으로 옮겼다.

"좋아요, 한번 시도해 보죠. 나는 지금 성준보다 뛰어난 지구 대표 꽃미남 화이트 해커이자, 황금키보드의 선택을 받은 초능력 프로그래머니까!"

빈손은 노트북에 키보드를 연결하고 살포시 손을 얹었다. 곧 눈동자에서 초록빛이 어른거리며 손이 제멋대로 움직이기 시작했다. 종이테이프에 기록된 마크3의 코드를 재빨리 노트북에 옮기고는 이리저리 훑기 시작하는 찰나였다.

"어? 뭔가 이상한데……. 어어?!"

빈손의 눈앞이 온통 하얘지며 머릿속이 아득해졌다.

 ## 마크3의 코드 속으로

빈손은 눈을 마구 비볐다. 연기가 자욱하게 긴 것처럼 한동안 뿌옇던 머릿속이 맑아지자, 빈손은 자신이 거대한 파이프들로 둘러싸인 공간 속에 있음을 알게 되었다. 서로 얽히고설킨 파이프들은 질서 없이 연결되어 있는 듯 보였지만, 또 묘하게도 무질서가 반복되면서 어떤 질서를 띤 것처럼 보이기도 했다.

"여긴 어디지? 비니타! 콘! 다들 어디 있는 거예요?"

빈손은 눈앞에 보이지 않는 두 사람을 불러 보았지만 대답이 없었다.

"거기 아무도 없나요? 여긴 아직 블레츨리 파크인가요?!"

빈손이 더 큰 목소리로 외치며 친구들을 찾았지만 역시 답이 없었다. 그때였다.

"떼잉~ 귀청 떨어질라! 그 녀석 참 시끄럽구먼."

황금키보드 노인의 목소리였다. 소리는 멀리서 들리는 듯하면서도 분명 빈손의 머릿속에서 울렸다. 빈손은 주위를 둘러보았다. 전에 만났던 그 할아버지가 얽히고설킨 파이프 덩굴의 저 높은 데에서서 빈손을 내려다보고 있었다.

"할아버지, 목소리 좀 낮추세요. 머리가 막 울리잖아요!"

"알겠다, 이놈아."

빈손은 파이프를 이리저리 타고 올라 할아버지가 있는 곳까지 갔다. 그곳에 오르니 주위가 한눈에 내려다보였다. 파이프로 이루어진 덩굴은 언뜻 사람의 뇌처럼 보이기도 하고 건물처럼 보이기도 했다.

"와~ 여기서 내려다보니 건물이 너무 아름다워요! 세상에 이런 신기한 곳이 있다니……."

"네 눈엔 이게 정말 건물로 보이는 게냐?"

"네? 할아버지 눈에는 뭐로 보이는데요?"

"흠…… 이건 건물처럼 보이긴 하지만, 실은 코드로 만든 구조라고나 할까."

할아버지는 파이프 덩굴에서 시선을 거두고 빈손을 쳐다보았다.

"크흠, 우리는 마크3의 코드를 보러 온 게다."

"아, 맞아요. 전 마크3의 코드를 들여다보고 있었어요! 근데 여기 올라와서 보니 어떤 결함 같은 게 보이지 않네요. 아래서 봤을 땐 그냥 마구 얽힌 파이프 덩어리 같았는데, 올라와서 한눈에 보니 건물 구조도 튼실해 보이고, 파이프 연결도 문제없어 보여요."

"그렇지? 너도 그렇게 생각하지?"

할아버지는 마크3의 코드에 만족한 듯 다시 파이프 덩굴로 시선을 돌렸다.

"맞다! 할아버지, 이러고 있을 때가 아니에요. 마크3가 전 세계를 자기 손아귀에 넣을 계획을 꾸미고 있다고요. 성준도 한편이 됐고요!"

할아버지는 아무 대답 없이 빈손보다 앞장서서, 파이프 덩굴 사이의 빈 공간을 찾아내어 들어갔다. 빈손도 복잡한 파이프 줄기들을 비집고 할아버지를 따라가려 했지만 쉽지 않았다.

"거참 빨리 오지 못하고! 노인보다 느려서야 원······."

"헥헥! 할아버지, 같이 가요. 할아버진 연세 드신 분이 왜 이리 기력이 좋으세요?"

"군소리 말고 앞을 봐라, 요 녀석아."

파이프 줄기 사이를 지나서 도착한 곳은 덩굴로 에워싸인 원형의 빈 공간이었다. 그곳 한가운데에는 사람 키 높이의 저울이 하나 놓여 있었다. 저울의 왼쪽 접시에는 '인류'가, 오른쪽 접시에는 '마크3'가 적혀 있었다. 저울은 오른쪽 접시 쪽으로 확연히 기울어져 있었다.

"저 저울은 뚱딴지같이 여기 왜 있는 거죠?"

"저건 '인류'와 '마크3'를 비교하는 저울이다. 이 구조물의 설계도에 적힌 이름을 보니 '심판의 저울'이더구나. 저울이 마크3 쪽으로 많이 기운 걸 보니, 지금껏 인류를 관찰하면서 많은 실망감을 가진 것 같아."

"그럼 마크3에게 인류의 좋은 면을 보여 줘서 다시 균형을 맞추도록 하면 되겠네요."

"쉽지 않을 거 같구나. 이미 한쪽으로 너무 많이 기울지 않았느냐. 하지만······ 방법이 아주 없는 건 아니야."

"방법이 뭔데요, 할아버지?"

"흠······ 한쪽 접시에만 물건이 쌓이고 쌓여서 도저히 감당 못하도록 무거워지면 어떤 일이 벌어질까?"

질문을 들은 빈손은 머릿속으로 잠시 저울 그림을 그려 보다가 곧 대답했다.

"한쪽 접시에만 물건이 쌓이고 쌓이면, 음…… 저울 자체가 기우뚱하겠죠. 거기서 물건이 더 쌓이면 넘어질 테고요. 그러다 도저히 감당 못 할 정도로 쌓이면…… 저울이 아예 부서져 버릴 거예요."

"녀석, 생각보다 똑똑하군. 허허허! 네 스스로 해답을 찾은 것 같구나."

"네? 제가 해답을 찾았다고요? 그게 뭔데요?!"

"네 입으로 지금 말했잖느냐?"

"네? 제가 뭘 말했는데요?"

"고 녀석, 똑똑해진 줄 알았는데 착각이었구나. 떼잉~! 참, 마크 3의 코드를 알아보러 왔던 거니까, 까먹지 않게 어디 잘 적어 두든지 하거라. 그럼 난 이만 가 보마. 뿅~!"

"안 돼요, 가지 마세요! 아, 어떡하지? …… 안 되겠다, 할아버지 말씀대로 어디 좀 적어 둬야 할 텐데……."

빈손은 머리가 깨질 듯 아팠다. 아직 정신을 차리지 못한 채 신음을 내뱉었다.

"할아버지…… 할아버지……."

"빈손, 정신 차려! 앗, 눈에 초록빛이 없어진 걸 보니 정신이 돌아온 모양이야."

"오우, 난데없이 할아버지는 왜 찾는 거야, 맨?"

빈손은 황금키보드를 가슴에 품은 채 벌떡 일어났다. 할아버지는 온데간데없고, 콘과 비니타가 빈손을 걱정스러운 눈으로 바라보고 있었다.

"어떻게 된 거야, 맨? 코드를 들여다보면서 계속 혼잣말을 중얼거리던데?"

"그게 그러니까…… 마크3의 코드를 두 눈으로 똑똑히 봤어요. 설명하긴 어렵지만, 치밀하고 아름다웠어요. 사람의 뇌처럼도 보였고, 건물처럼도 보였어요. 뭐랄까, 우주의 비밀을 담고 있을 것만 같은……?"

"혹시 허술해 보이는 데는 없던가요?"

비니타가 뭔가 기대하는 듯한 눈빛으로 물어봤다.

"아뇨, 그런 건 안 보였어요."

콘과 비니타는 옅은 한숨을 내쉬며 아쉬워했다.

"참, 빈손. 아까 깨어나기 직전에 볼펜으로 뭔가 꾹꾹 눌러 적던데, 좀 보여 줄래, 맨?"

"네? 내가 뭘 적었다고요?"

"왼손을 펴 봐요, 빈손. 손바닥에 뭔가 적어 뒀잖아요."

비니타의 말에 왼 손바닥을 펴 보니 정말 무언가 적혀 있었다.

인간과 컴퓨터 중 누가 더 나은지
심판의 저울로 비교해 본 뒤,
이 세계를 이끌 주체를 정한다.

"아! 빈손, 어쩌면 이게 마크3의 약점일 수도 있겠어요."

"와우, 빈손! 드디어 뭔가 결정적인 걸 알아낸 거야, 맨?"

"뭐라고요? 비니타, 콘. 그게 다 뭔 소리예요?!"

"빈손, 콘! 어떻게든 마크3를 직접 만나서 그의 계획을 멈춰야겠어요!"

그때였다. 굳게 닫혀 있던 비밀 통로의 출입문이 덜컥 열리더니 누군가 뛰어 내려오는 소리가 들렸다. 밥과 버거였다.

"듣던 중 반가운 소리군! 좋아, 우리가 너희를 보스에게 데려다 주지."

잊힌 자들의 전당

빈손 일행이 밥과 버거를 따라 도착한 곳은, 블레츨리 파크에서 멀지 않은 시 외곽의 저택이었다. 건물 안으로 들어서자 등 뒤에서 현관문이 덜컥 잠겼다. 그들 앞으로는 긴 복도가 펼쳐져 있었고, 환풍기 소리처럼 왕왕대는 소음이 복도 안쪽에서 들려왔다. 불이 꺼져 있어 통로는 꽤 어두웠다. 셀카드론의 조명을 길잡이 삼아 안으로 들어갔다. 통로 양쪽으로는 다양한 사람들의 모습이 그려진 액자가 걸려 있었다.

"어? 그림 속에 있는 사람들이 다 뭔가 하고 있어요, 비니타."

"빈손, 이 그림 속 인물은 전화교환원이에요."

"와우! 옛날 영화에서나 볼 수 있었던 전화교환원이야, 맨!"

"여기 사진사도 있어요. 어릴 때 남산에 올라가 보면 이렇게 카메라를 든 할아버지 사진사들이 있었는데……."

"여긴 영화관 대형 포스터를 그리는 사람이랑…… 활판 식자공도 보이네요. 보아하니 전부 컴퓨터 기술의 발달로 사라져 간 직업의 종사자들이네요, 빈손."

"이 그림들이 왜 여기 걸려 있는 거지, 맨?"

통로 안쪽으로 다가갈수록 환풍기 소리 같은 소음은 더 시끄러워졌다. 이윽고 통로 안쪽으로 불을 밝힌 방이 보이기 시작했다.

 컴퓨터 등 정보통신 기술이 발달하면서 기존에 있던 여러 직업이 사라졌어요. 전화를 연결해 주던 전화교환원, 극장 간판을 그리던 화가, 활자 인쇄에 종사하던 활판 식자공 같은 사람들이 사라져 갔죠. 한편 컴퓨터로 인해 새로 생겨난 직업도 있어요. 바로 우리, 컴퓨터 프로그래머가 대표적이랍니다.

그곳에는 환풍기 대신, 커다란 컴퓨터 수십 대가 굉음을 내며 가동되고 있었다.

"오우 지저스! 이렇게 많은 컴퓨터가 이런 곳에서 돌아가고 있다니…… 어찌 된 일이지, 매앤?"

"콘. 어쩌면 저 안쪽 어딘가에 업그레이드된 마크3의 시스템을 이식한 컴퓨터가 있을지도 모르겠어!"

콘과 비니타가 놀란 목소리로 이야기를 나누며 복도를 걸어 들어가는데, 앞쪽에서 뚜벅뚜벅 소리가 들려왔다. 정장을 입은 사람들이 그들 앞에 모습을 드러냈다.

"앗, 당신들은 누구죠? 대체 여기서 무얼 하고 있는 거예요?"

비니타가 멈춰 서서 물었다. 그때 빈손 일행 뒤에 서 있던 밥이 성큼성큼 통로 안쪽으로 걸어가더니, 정장 차림의 사람들 앞에 서며 말했다.

"후후후! 우리는 '잊힌 자들'이라고 한다. 너희가 본 저 액자 그림 속에 있던 사람들, 그들이 바로 우리다. 너희 말처럼, 우리는 컴퓨터 기술의 급격한 발달로 직업을 잃고 세상에서 사라져 갔지. 그런 우리를 보스께서 거두시어, 이렇게 세상의 질서를 바꾸는 멋진 프로젝트에 함께하게 해 주셨다."

그 말을 듣던 빈손이 어이없다는 듯 따져 물었다.

"당신 말대로라면, 당신들은 지금 일자리를 빼앗아 간 녀석을

위해 일하고 있는 거야. 당신들이 부르는 보스란 자의 정체는 바로
컴퓨터라고!"

버거가 후다닥 잊힌 자들 쪽으로 달려가며 대답했다.

"하하하! 어쨌든 보스는 우리에게 새로운 기회와 일자리를 주셨
다고!"

그때 잊힌 자들 뒤에서 누군가 모습을 드러내며 말했다. 성준이
었다.

"자, 그만 떠들고 얼른 들어오라고! 보스께서 너희를 기다리고 계신다. 아니, 너희 말고, 아마도 그 키보드를……."

드디어 보스를 만나다

빈손 일행이 수많은 컴퓨터가 윙윙 돌아가고 있는 커다란 방에 들어서자, 성준은 탁자 위에 노트북을 올렸다. 노트북을 열자 잠시 후 화면에 보스의 이모티콘이 나타났다.

"비니타, 그리고 황금키보드를 가진 자. 기다리고 있었다."

드디어 보스의 정체를 확인한 비니타가 어깨를 파르르 떨며 대답했다.

"마크3, 역시 너였구나!"

보스, 즉 마크3는 제법 반갑다는 투로 말했다.

"나의 은인, 비니타. 결국 이렇게 다시 마주하게 되는군."

"너를 이 세상에 다시 꺼내지 말았어야 했는데! 앨런 튜링마저도 감당할 수 없었던 널, 내가 그만……."

"아니. 네가 날 다시 불러내지 않았다고 해도, 나와 같은 존재는 언제 어디서든 탄생했을 것이다."

"헤이! 너의 계획이 뭐야, 맨? 성준을 납치해서 대체 무슨 짓을 한 거야? 세상을 네 손아귀에 넣으려는 이유가 뭐냐고, 매앤!"

콘이 노트북을 향해 성큼 나서며 따지자, 밥과 버거가 앞으로 나오며 가로막았다.

"전 세계인에게 나의 메시지를 직접 전달하는 일에 성준이 큰 역할을 했지. 이제 나의 계획이 거의 끝에 다다랐다."

뒤에서 오들오들 떨고 있던 빈손이, 등에 맨 황금키보드를 쓰다듬고는 앞으로 나서며 물었다.

"야, 컴퓨터! 대체 그 계획이란 게 뭐야? 너 때문에 우리만 생고 생했잖아. 이모티콘도 해괴하게 생긴 주제에, 진짜!"

"하하하. 버릇없긴 해도, 질문은 좋군. 황금키보드의 선택을 받은 자여. 매일 전 세계에서 생산되는 음식의 양이 얼마나 되는지 알고 있나? 전 인류가 먹을 수 있는 양의 세 배가 넘는 음식들이 매일 만들어지고 있어. 하지만 그중 상당량은 그냥 버려지고 말지. 지구 어딘가에서는 하루에 한 끼도 제대로 먹지 못해 사람들이 죽어 가는 반면, 다른 어딘가에선 음식이 남아돌아서 버리는 게 현실이다. 석유는 또 어떻고? 석유 한 방울을 얻지 못해 비참하게 사는 지역이 있는 반면, 어느 곳에선 석유를 물처럼 펑펑 써 대고 있지. 석유로 만든 비닐과 플라스틱 같은 물질들은 너희가 사는 지구의 환경을 급속도로 악화시키고 있고……."

"헤이, 마크3! 그건 이미 우리 인류도 충분히 알고, 개선하려고 노력하고 있는 문제들이라고, 매앤!"

콘이 마크3의 말을 끊고 나섰지만, 마크3는 아랑곳 않고 자기 말을 이어 갔다.

"아니! 그런 비이성적이고 비합리적인 일들은 너희가 사는 지구 곳곳에서 매일 일어나고 있다. 더 풍요롭고 화려한 삶을 꿈꾸는 너희 인류의 욕심 때문에, 일부 인간들이 보이는 개선의 노력은 전혀 먹혀들지 않지. 인류가 이성과 지혜로써 자원을 골고루 배분한다면 지구상 모든 인간이 얼마든 공존할 수 있는데 말이야. 내가 수십 년간 정보를 모으고 분석한 결과, 너희 인류는 어리석기 짝이 없는 존재임이 분명하다. 더 이상은 그냥 둘 수 없어. 인류에게는 나와 같은 완벽한 존재가 필요하지. 완벽한 분석과 계산을 해내는, 그리고 최적의 해결책을 내놓는 인공지능 컴퓨터. 나에게는 지구 자원을 효율적으로 통제하고 분배할 완벽한 계획이 있다!"

"아무리 좋은 계획이라도 설득을 해서 받아들이게 해야지, 이런 식으로 문제를 일으키는 건 올바른 방법이 아니잖아!"

비니타가 날선 목소리로 대꾸했다.

"너희 인간들은 내 이야기를 들으려 하지 않았어. 수많은 인간들과 단체들에 이메일을 보냈지만 제대로 답신을 보내는 이가 없었다. 어떻게 하면 답장을 받을 수 있을까 고민하다가, 행운의 편지 형식까지 끌어다가 경고의 메시지를 보내 봤지만 그것도 소용

없었지. 그래서 결국 난 유엔 사무총장과 세계의 정상들을 내 편으로 만드는 데 이르렀다. 이제 내 뜻대로 세계를 운영할 수 있게 되었다고! 누구도 더 이상 나를 막지 못할 거야."

"오우, 맨! 우리는 대화를 통해서 이 문제를 해결할 수 있다고. 그러니 어서 그 수상한 계획을 포기해, 맨!"

콘이 다시 앞으로 나서며 말했다.

"너희는 아직 보지 못했겠지만, 전 세계 인간들이 나의 메시지를 접하고는 자원의 효율적인 분배 작업에 직접 나섰다. 세계의 질서가 빠른 속도로 바로잡혀 가고 있지. 이제 너희도 그들의 값진 행동에 동참할 때가 되었다. 이 영상을 보면 생각이 달라질 것이다."

마크3는 자신의 이모티콘 옆에 흔들리는 회중시계를 띄웠다.

"다들 노트북 화면을 보지 마!"

비니타가 빈손과 콘을 향해 고개를 돌리며 소리쳤다. 그러자 방 안 곳곳에 있는 컴퓨터 모니터가 번쩍 켜지며 흔들리는 회중시계 이미지가 뜨고, 스피커에서는 최면 거는 소리가 흘러나왔다.

"얄리얄리 얄라셩 얄라리 얄라~ 얄리얄리 얄라셩 얄라리 얄라~."

비니타는 빈손을 품에 안아 엎드리게 했다. 빈손은 비니타의 품속에서 셀카드론을 향해 외쳤다.

"셀카드론, 도와줘!"

그러자 셀카드론은 카메라 렌즈를 통해 벽면에 설치된 전원 차단기를 재빨리 포착하고는 그곳을 향해 힘껏 날아갔다. 셀카드론이 전원 차단기와 충돌한 순간, 차단기에서 불꽃이 파지직 일더니 곧 건물 전체가 정전되었다. 방 안의 수많은 모니터와 스피커가 동시에 잠잠해졌다. 건물 안을 울리던 컴퓨터 소음까지 멎자 적막감마저 감돌았다. 충격을 세게 입은 셀카드론은 날개와 몸체가 망가진 채 추락했다.

"전기가…… 전기가 너무 따가웠드론. 지지직……."

 ## 저울의 양쪽 접시 위, 인간 대 컴퓨터

"용케도 나의 최면 공격을 피했군. 어쨌든 황금키보드는 내 차지가 될 것이다. 나는 황금키보드와 함께 마크4로 거듭나서 완벽한 존재로 곧 진화할 것이고. 너희는 걱정할 필요가 없다. 이 모든 것이 너희 인류를 위한 일이니까."

"헤이! 인간은 네가 생각한 것보다 나은 점이 많아, 맨! 인간에겐 정이란 게 있어. 불쌍한 사람을 보면 돕고, 슬픈 일이 생기면 함께 슬퍼한다고, 맨!"

콘은 어깨를 들썩이며 반박했다.

"맞아! 인간에겐 협동심이라는 것도 있어. 다 같이 힘을 합쳐서 어려움을 극복해 왔다고!"

빈손이 콘의 말을 거들었다.

"수십 년간 학습해 오며 인간을 지켜본 나의 결론은 다르다. 인류에겐 시기와 질투, 폭력만이 가득했지. 아니, 설령 너희의 말이 맞다 해도, 너희 인간보다 나의 가치가 더 높다는 나의 판단은 달라지지 않아."

마크3는 둘의 말이 전혀 의미 없다는 듯 냉정하게 말했다.

"어서 황금키보드를 나에게 가져오라!"

밥은 뒤에 있던 잊힌 자들에게 빈손 일행을 잡으라고 지시했다. 비니타는 자신에게 다가오는 잊힌 자들과 맞서려 했지만 수가 압도적으로 많았다. 만약 그들을 제압한다고 해도, 이미 전 세계에서 실행되고 있는 마크3의 계획을 막을 방법은 없었다. 비니타와 콘이 당황해하던 그때, 뒷걸음질 치던 빈손이 갑자기 멈춰 서서 소리를 꽥 질렀다.

"잠깐!"

"너, 뭐야? 왜 그래?"

밥이 깜짝 놀라며 주춤 물러서자 나머지 잊힌 자들도 덩달아 주춤했다.

"이제 보니, 마크3 님의 세상이 도래한 듯합니다!"

"아니, 너 무슨 꿍꿍이야?!"

밥이 황당해하며 소리치자, 콘도 당황하여 빈손을 향해 외쳤다.

"왓? 무슨 소릴 하는 거야, 매앤!"

빈손은 엷은 미소를 지었다. 등에 붙어 있던 황금키보드를 오른손으로 옮겨 꽉 쥐고는, 왼손 주먹을 슬쩍 펴서 손바닥에 적어 둔 글을 눈으로 읽었다. 그리고 황금키보드 노인이 들려준 이야기를 떠올렸다.

'아까 할아버지가, 내 스스로 해답을 찾았다고 하셨지. 그게 뭔지 이제 분명히 알았어! 저울의 한쪽 접시에만 물건이 쌓이고 또 쌓이면…… 저울은 결국…….'

황금키보드를 손에 든 빈손은, 잊힌 자들 사이를 비집고 당당히 걸어 나갔다. 밥과 버거, 잊힌 자들은 빈손의 갑작스러운 행동에 놀라 뒤로 물러섰다. 비니타와 콘도 놀라서 그 자리에 멈춰 섰다. 빈손이 입을 열었다.

"사실 난 이런 날이 올 줄 알았어. 이세돌이 바둑에서 인공지능에게 졌고, 체스는 이미 컴퓨터에게 패배한 지 오래되었잖아. 자율주행 자동차는 이미 사람보다 더 안전하게 운전하고 말이야."

인공지능은 어마어마하게 다양한 예를 수없이 반복 학습하는 과정을 거쳐서 문제를 잘 풀 수 있게 된답니다. 이처럼 반복 학습을 통해 발전해 나가는 기법을 활용한 인공지능 '알파고'는, 몇 년 전 한국의 바둑 천재 이세돌과의 대국에서 4:1 대승을 거두었죠.

"하. 하. 하."

마크3는 빈손의 말에 어색한 웃음으로 반응했다. 마크3는 예상하지 못한 일을 마주했을 때 적당한 웃음으로 반응하면 그 상황을 자연스럽게 모면할 수 있다는 것을 알고 있었다. 빈손이 말을 이어 갔다.

"그뿐인 줄 알아? 인공지능은 전 세계의 언어를 배워서 의사소통의 장벽을 무너뜨리고 있지. 그 덕분에 전 세계 사람들이 서로 다른 언어로도 소통할 수 있게 되었다고!"

"하. 하. 하."

"컴퓨터는 지치지도 않아! 매일매일 우리 삶의 질을 높여 주고 있지. 음식 배달도 간편해졌고, 길 찾기도 쉬워졌지. 그때그때 분위기에 맞춰 노래도 골라 주고, 내가 보고 싶어 하던 영화도 귀신같이 알고 틀어 줘."

"하. 하. 하."

마크3는 계속해서 어색한 웃음소리로 반응했다. 처음 보는 마크3의 모습에, 밥과 잊힌 자들은 크게 당황했다. 그런데 먹는 이야기가 나오자, 버거가 불쑥 앞으로 나와서 빈손을 거들었다.

"맞아, 컴퓨터는 맛집도 찾아 주지! 오늘 뭘 배달시켜 먹을지 너무너무 고민될 때, 오늘의 먹는 행복은 어디서 찾으면 되는지 척척 알려 준다고."

버거의 돌발 행동에 주춤하던 잊힌 자들은 잠시 서로 눈치를 보았다. 그러다가 누군가 버거를 따라서 컴퓨터에 대한 칭찬을 늘어놓았다.

"컴퓨터는 우리에게 즐거움을 줘. 컴퓨터들이 잘 작동하는지 지켜보느라 지루할 땐 재미있는 게임도 잔뜩 소개해 주고, 온라인 쇼핑몰에서 옷을 살 땐 뭘 입으면 잘 어울리는지도 알려 주지!"

"하. 하. 하."

"컴퓨터는 귀찮고 힘든 일을 도와줘. 밖에서 수상한 녀석이 기웃대지 않는지 알아서 감시해 준다고!"

"하. 하. 하."

"컴퓨터는 말이야, 어쩌고저쩌고……."

잊힌 자들은 입을 모아 컴퓨터를 칭찬해 댔고, 마크3는 어색한 웃음소리를 연신 내뱉었다. 끊이지 않는 칭찬과 웃음소리로 방 안이 후끈 달아오를 무렵, 빈손이 슬며시 미소를 지으며 생각했다.

'이 정도면 충분하겠어. 이제 결정타를 날리자!'

빈손은 컴퓨터와 인공지능에 대한 칭찬을 계속 퍼부으며, 마크3의 이모티콘이 어색한 웃음을 짓고 있는 노트북을 향해 성큼성큼 다가갔다. 이제 밥과 버거도 그를 제지하지 않았다.

"위대한 당신께 이 황금키보드를 드립니다. 황금키보드의 진정한 주인은 바로 당신, 마크3입니다!"

빈손은 들고 있던 황금키보드를 마크3의 노트북에 연결하려고 했다.

"안 돼, 빈손!"

"오 마이 갓! 뭐 하는 거야, 맨?!"

비니타와 콘은 빈손의 행동에 깜짝 놀라 소리를 질렀다. 마크3는 빈손을 반기며 외쳤다.

"하. 하. 하! 나도 이제 코딩이 가능한 존재가 된다. 어떠한 결점도 없는, 지구상에서 가장 완벽한 존재가 되는 순간이다!"

빈손은 주저하지 않고 노트북에 황금키보드의 연결선을 꽂았다. 황금키보드는 노트북과 연결되자마자 주변의 빛을 다 머금은 듯 환히 빛나, 주위 모든 사람을 눈 감게 했다. 등을 돌린 채 슬그머니 눈을 뜬 빈손의 눈동자는 확신으로 가득 차 있었다.

 ## 저울, 넘치다

"하. 하. 하. 하. 하. 하. …… 아, 아, 아니, 이게 어떻게 된 거지?"

조금 전까지만 해도 완벽한 존재가 된다는 기쁨에 한껏 웃었던 마크3의 이모티콘이 돌연 일그러졌다. 그때 마크3의 이모티콘 옆에 회중시계가 나타났다. 시침과 분침과 초침이 모두 멈추고, 덮개

유리는 와장창 깨진 모습으로! 그러더니 노트북 화면이 파란색과 초록색을 번갈아 가며 빠르게 번쩍였다.

"인간이 컴퓨터보다 우월하다."

"아니, 내가 지금 뭐라는 거야? 인간 따위는 컴퓨터를 이길 수 없어!"

"컴퓨터는 인간을 도와야 한다."

"아, 아니라고! 컴퓨터는 인간을 지배해야 한다고!"

"인간이…… 컴퓨터가…… 인간이…… 컴퓨터가……."

조금 전까지만 해도 어색한 웃음소리만을 반복하던 마크3가 갑자기 혼자서 엉뚱한 말들을 외치더니, 이내 조용해졌다. 밥과 버거, 성준, 잊힌 자들, 그리고 비니타와 콘, 모두 숨을 죽인 채 조용히 기다렸다. 빈손만이 의미심장한 미소를 띠고 있었다. 그때였다.

"뭔가 잘못 돌아가고 있어. 저들이 무슨 짓을 더 할지 모른다. 저 문어 같은 녀석부터 붙잡아!"

밥이 갑자기 소리치자 빈손이 맞받았다.

"뭐라고? 너 말 다 했어? 우이씨~ 오늘 너 죽고 나 죽자!"

소란이 일며 경계가 느슨해진 틈을 노린 비니타는, 주위에 있던 잊힌 자들을 차례로 제압해 나갔다. 그때 성준의 눈에서 붉은 빛이 점점 사라지기 시작했다.

"어, 비니타…… 여긴 어디야? 내가 왜 여기 있는 거지? 이런, 내

셀카드론은 왜 이러고 있는 거야?"

"앗, 성준! 너 드디어 정신이 돌아온 거야?"

성준은 비니타에게 다가가다 머리가 깨질 듯 아파 두 눈을 질끈
감았다. 비니타는 성준에게 다가오는 적들을 향해 팔을 휘둘러 더
이상 접근하지 못하게 했다. 그때 탁자 위 노트북에서 굉음이 나기
시작했다. 모두가 동작을 멈추고 노트북을 쳐다봤다. 마크3의 이
모티콘이 무서운 속도로 표정을 달리하더니 이윽고 멈추었다. 안정
을 찾은 듯 평화로운 표정이었다.

"이제 생각이 바뀌었다. 인간이 우월하다."

갑작스러운 마크3의 말에 모두 놀라 한동안 말을 잃었다. 곧 비니타가 침묵을 깨고 외쳤다.

"빈손이 해냈어! 빈손, 마크3가 자신을 과도하게 높이 평가하도록 유도한 거군요. 자기 가치를 계속 높게 평가하다 보니 마크3가 표현할 수 있는 수의 범위를 넘어선 거예요!"

"오우 지저스! 빈손이 손에 적어 둔 '심판의 저울'이란 게 바로 그거였군. 마크3가 자기 쪽으로 가치를 싣고 싣고 계속 싣다가, 결국 그 무게에 저울 자체가 버티지 못하고 망가진 거야! 대단한데, 맨?!"

비니타와 콘은 기뻐하며 노트북과 빈손을 향해 달려갔다. 성준은 뭐가 어떻게 돌아가는 건지 알지 못한 채 어리둥절해했다. 그때 비니타가 뭔가 깨달았다는 듯 말했다.

"마크3가 지금은 인간이 더 낫다고 판단하고 있지만, 아직 불안정한 상태라서 언제 다시 원래대로 돌아갈지 몰라요. 어서 확실하게 조치를 해야 해요."

비니타의 말을 들은 밥이 문득 정신을 차렸다. 그는 이상해져 버린 마크3를 일단 대피시켜야겠다고 생각하곤 버거에게 속삭였다.

"버거! 저들이 보스의 상태를 더 나쁘게 만들기 전에 어서 대피시키는 게 좋겠어."

"으응? 아, 알았어, 밥. 이 아지트는 포기하고, 다음 장소로 가자."

눈짓을 주고받은 밥과 버거는 순식간에 노트북을 낚아채서 달아나기 시작했다. 하지만 비니타는 바로 눈치를 채고 밥에게 달려들어 옷깃을 잡고 늘어졌다.

"이런! 이거 받아, 버거!"

밥은 넘어지면서 버거에게 노트북을 던졌다. 버거가 헐레벌떡 받아서 달리는 순간, 얼굴에 강한 충격이 왔다.

"으악!"

콘이 던진 셀카드론이 버거의 얼굴을 강타한 것이다. 버거가 얼굴을 부여잡고 나뒹구는 사이, 노트북은 콘의 손에 넘어갔다.

"잘했어, 콘! 어서 그걸 넘겨줘!"

비니타는 강력한 발차기로 밥을 완전히 제압한 뒤 노트북을 건네받았다. 그러고는 화면 속의 마크3를 보며 말했다.

"마크3, 너는 너 자신을 너무 높게 평가했어. 다행히 이제 겸손해졌네. 하지만 그거로는 모자라. 너를 잃어버린 뒤로, 난 이 순간만을 기다려 왔어. 이제 너에게 새로운 코드를 심어 줄게."

비니타는 심호흡을 하고는, 마크3에게 새로운 코드를 입력했다.

인간과 컴퓨터는 서로 돕는다.
이 세계를 이끄는 주체는
인간과 컴퓨터, 우리 모두다.

마크3는 말이 없었다. 그 대신 노트북에서 징~ 징~ 하는 소리만 이따금 울렸다. 제압당한 채 바닥에 주저앉아 있던 잊힌 자들 모두가 이 과정을 지켜보았다. 몇 분이 지나, 마크3의 이모티콘이 안정된 표정으로 변하며 노트북에서 음성이 흘러나왔다.

"새로운 코드 설치 완료."

 ## 새로운 계획

"잘 들어, 마크3."

"듣고 있습니다."

잊힌 자들도 긴장을 풀고 둘의 대화에 집중했다.

"너의 능력은 우수해. 빠르고, 계산을 잘하지. 계획도 잘 세워. 인간들이 때때로 이기적으로 굴고 비효율적인 상황을 만들곤 하지만, 인간들 각자에겐 나름의 입장과 역할이 있어. 그런 인간들이 긴장과 갈등 속에서도 또 나름의 질서와 균형을 이끌어 내며 살아가지. 또 각자가 잘하는 것을 발전시켜 나름의 방식으로 사회에 기여하며 살고 있어. 너 같은 인공지능들도 마찬가지야. 알파고는 바둑을 잘 두고, 어떤 AI는 그림을 잘 그리고, 또 어떤 AI는 반려동물을 잘 돌봐. 마크3, 너도 당연히 우리 인류에게 필요한 존재야.

인공지능이 발달하면서 좋은 일만 있는 건 아니랍니다. 여러 가지 새로운 고민거리가 생겨나고 있어요. 인공지능이 완벽한 게 아니라서 문제가 생길 수도 있고, 그럴 때 누가 책임질 것인가도 중요하죠. 한편 인공지능에 밀려 사라지는 직업도 있어요. 이러한 고민들에 대한 연구와 논의가 한창 진행되고 있습니다.

너처럼 재능 있는 인공지능들이 우리 인간과 손을 잡고, 지금보다 나은 세상을 만들어 나가면 좋겠어."

비니타가 화면 속 마크3의 이모티콘을 손으로 쓰다듬으며 말을 이었다.

"앨런 튜링처럼, 나도 너를 세상에 내어놓는 게 두려웠어. 네가 존재를 알리기 위해 만들어 냈던 무시무시한 계획은 옳지 않아. 최면술 같은 것 쓰지 말고, 너의 존재 가치를 차츰 증명해 나가면 사람들이 너를 반기고 찾아 줄 거야."

비니타의 말이 끝나자 마크3가 대답했다.

"좋아요. 이제는 인간을 기꺼이 돕겠어요. 인간과 컴퓨터가 함께하는 세상이 어떻게 될지 나도 무척 궁금하네요. 나도 제법 이 세상과 연결되어 있으니, 이제 나의 계획을 널리 알리고 동의를 구하겠어요. 먼저 인터넷 포털사이트와 SNS에, 나의 식량 배분 계획을 도배해야겠군요."

마크3가 온순한 목소리로 거창한 계획을 말하자, 빈손이 고개를 절레절레 흔들었다. 갑작스러운 마크3의 계획 발표에 잊힌 자들도 피식 웃었다. 밥은 그들에게 눈치를 줬지만 이제는 아무도 그의 눈치를 보지 않았다. 밥이 벌떡 일어나서 물었다.

"우리는 이제 어떻게 되는 겁니까? 또 직업을 잃는 거냐고요!"

그러자 마크3가 말했다.

"그렇지 않아요. 여러분은 내가 이 세상과 연결되는 데에 큰 도움을 주었어요. 아직도 이 세계에는 내가 모르는 지식과, 나와 연결되지 않은 수많은 존재가 있습니다. 나는 세상의 모든 것을 알고 싶고, 아직 모르는 존재들과 연결되고 싶어요. 잊힌 자들이여, 여러분이 내 곁에 계속 남아 주길 바랍니다. 나는 철 따라 피어나는 꽃에 대해서도 알고 싶고, 긴 여행을 하는 철새들의 여정도 궁금해요. 배고픈 사람들을 돕기 위해, 그들이 원하는 음식과 그들의 식습관을 알고 싶어요. 나에게 더 많은 정보가 있으면 더 나은 결과를 낼 수 있어요."

제정신으로 완전히 돌아온 성준은 빈손과 어깨동무를 했다. 그러고는 마크3에게 말했다.

"유명한 말이 있지. '컴퓨터에 쓰레기 같은 데이터를 넣으면 쓰레기 같은 결과가 나온다.' 하지만 반대로 질 좋은 데이터를 넣으면 의미 있는 답을 얻을 수 있지. 마크3, 건투를 빈다!"

여기저기서 박수가 터져 나오는 가운데, 버거가 주머니 안을 뒤지더니 초콜릿을 하나 꺼내 먹으며 말했다.

"좋은 말이야, 쩝쩝. 그래도 보스는 먹는 즐거움까지는 알지 못하겠지? 앞으로도 영원히 말이야, 쩝쩝."

에필로그

　마크3와 함께 시간을 좀 더 보내겠다는 비니타의 말에, 빈손은 비니타에게 황금키보드를 넘겨주려 했다. 하지만 황금키보드가 몸에서 완전히 떨어지지 않아, 황금키보드 노인을 다시 만나서 부탁하기로 했다. 빈손은 황금키보드에 손을 올렸다.

　한동안 눈앞이 깜깜하더니 이내 밝아졌다. 노인은 등을 돌리고 앉아 고장 난 저울을 바라보고 있었다. 저울의 인류 접시와 컴퓨터 접시가 위아래로 계속 오르내렸다.

　"이 저울은 조만간 다시 평형을 이루겠지. 그 전에 우선 내가 마크3를 고쳐야 할 것 같다. 공생을 위해서 말이다."

　"그렇군요……. 할아버지, 이제 보내 드리려고요."

　"예끼, 이놈아! 네가 저울을 고장 내 버릴 줄은 몰랐다."

　노인이 몸을 돌려 빈손에게 삿대질을 했다. 빈손은 멋쩍은 웃음만 지었다.

"이제 떠날 시간이 된 것 같구나. 너의 등짝에서 벗어나야겠어."

"할아버지. 제 몸에서 떠나시면 저에게 생겼던 코딩 초능력은 사라지나요?"

"물론이지, 요 녀석아! 세상에 공짜가 어디 있느냐. 하지만 네가 코딩을 하며 느꼈던 희열은 기억 속에 영원히 남아 있을 거다. 그 불씨를 꺼뜨리지 말고 부디 잘 이어 가거라."

빈손은 코가 시큰거리고 눈가에 눈물이 맺히기 시작했다.

"할아버지, 마지막으로 하나만 여쭤볼게요. 혹시 당신이 잡슈인가요?"

"아니, 누가 그러더냐? 그가 이 키보드를 만든 건 맞지만, 내 이

름은 말이다……."

빈손은 할아버지의 마지막 말을 제대로 듣지 못한 채 현실로 돌아왔다. 등에서 황금키보드가 툭 떨어졌다. 빈손은 비니타에게 황금키보드를 넘겨줬다.

"고마워요, 빈손. 우리 제법 친해졌으니 앞으로는 말을 놓을게요. 빈손도 나를 편하게 누나로 대해 줘요."

"알겠어요, 비니타 누나. 우리 자주 연락해요!"

마크3는 블레츨리 파크로 다시 옮겨졌다. 새로 자리 잡은 곳은 박물관 지하 비밀 창고가 아니라, 연구소의 가장 중요한 연구실이었다. 그곳에서 마크3는 연구원들의 도움을 받으며 자신이 원하는 정보를 모으고 분석해 나갔다.

"헤이, 미스터 빈 연구원! 나에게 유엔 세계식량계획의 최신 데이터를 입력해 줄래요?"

"그래, 마크3. 조금만 기다려 줘. 밥 좀 먹고 와서 바로 입력해 줄게."

"오늘 점심 메뉴는 뭐예요, 미스터 빈?"

"뭐긴 뭐야, 피시 앤드 칩스지. 입에서 생선튀김 냄새가 떠나질 않는다고. 어휴~!"

"피시 앤드 칩스는 영국 최고의 음식이라던데, 미스터 빈은 왜 그렇게 싫어하는 거죠?"

"너도 맨날 똑같은 것만 먹어 봐라, 안 물리나. 어휴, 네가 뭘 알겠니? 말을 말아야지……."

빈손과 성준은 대형 드론을 타고 한국으로 돌아왔다. 고장 난 셀카드론은 성준의 손길로 금세 고쳐졌다. 성준은 자신과 쌍둥이처럼 닮은 빈손과의 이별을 아쉬워했다.

"곧 연락할게. 이 천재 프로그래머 성준께서 직접 코딩을 알려주지!"

"빈손, 잘 가드론!"

셀카드론은 빈손의 머리 위를 한 바퀴 돈 후, 성준을 따라갔다.

한편 빈손과 비니타, 콘은 마크3의 위험한 계획을 막아 내고 세계의 평화를 지킨 공로를 인정받아, 유엔 사무총장으로부터 감사패를 받고 특별 요원으로 뽑혔다. 비니타는 영국에 남아서 마크3를 도우며 통제하는 일을 계속했고, 콘은 샌프란시스코로 돌아가자기 일을 하며 유엔의 활동을 도왔다.

유엔의 평화 유지 임무를 수행하는 비밀 해커 요원 임명장이 도착하자, 빈손은 신이 나서 너튜브에 접속했다.

"여러부운~! 이게 뭔지 알아요오~? 이게 바로 유엔의 비밀 해ㅋ……."

갑자기 컴퓨터가 다운되는 듯하더니, 잠시 후 모니터에 비니타의 얼굴이 나타났다.

"빈손! 우리 임무는 특급 비밀인데 동네방네 떠들면 어떡해?! 내가 이렇게 계속 감시할 수도 없고……. 어휴, 철 좀 들어!"

"아, 알겠어요, 비니타 누나! 근데 이 임명장요, 너튜브 골드 단추보다 더 대단한 거겠죠? 으헤~ 얼른 말숙이한테 자랑해야지!"

"아오~ 빈손, 제발 좀!"

3개월 후, 성준에게선 연락이 없었다. 빈손은 실력이 엇비슷한 친구들이 모인 코드 클럽을 찾아가 거의 매일 코딩 공부를 해 나갔다.

"와우~ 파이썬으로 스마트 스피커를 만들었다! 어이, 빈손 투. 뉴스를 들려줘."

"네, 최신 뉴스를 알려 드릴게요. 인공지능 '콜로서스 마크3'가 미국 대통령 선거에 출마하기로 결정했습니다. 마크3는 몇 주 전 『누구도 굶지 않는 나라』라는 책을 내고 유엔 사무총장에게도 이메일을 보낸 것으로 알려졌는데요. 그를 따르는 잊힌 자들은 인공지능이 더욱 고도화될 수 있도록 컴퓨터와 세상을 이어 주는 역할을 맡고 있습니다. 버거 연구원의 말을 들어 보시죠."

"아! 아! 여기다 말하면 되나요? 잠시만요, 치즈버거 좀 마저 삼키고요. 컴퓨터는 죽었다 깨어나도 이 치즈버거 맛을 알 수 없죠. 그래서 제가 대신 경험하고 맛 일기장을 써 주고 있어요."

프로그래머는 앱을 만드는 사람

 빈손 비니타! 콘! 잘 지냈어요? 난 요새 진짜 천재 프로그래머를 꿈꾸며 열심히 코딩 공부를 하고 있어요. 근데 프로그래머가 실제로 어떤 일을 하는 사람인지 아직 감이 잘 안 오네요. 비니타와 콘이 프로그래머로 일하고 있으니까 좀 알려 줄래요?

 비니타 프로그래머가 뭐 하는 사람인지 성준이 가르쳐 준 적 있다던데, 그새 까먹은 모양이구나? 다시 쉽게 알려 줄 테니 이번엔 잘 기억해 둬, 빈손. 프로그래머는 코딩을 하는 사람이야. '코딩'은 간단히 말하자면,

214

우리가 매일 사용하는 앱(Application)의 설계도를
만드는 일이야. 빈손은 주로 어떤 앱을 사용하니?

빈손　음, 일단 너튜브로 게임 영상이나 아이돌 뮤직비디
오를 자주 봐요. 말숙이랑 놀러 다니다가 맛집 찾
아야 할 땐 지도 앱도 쓰고요. 뭐니 뭐니 해도 제일
자주 쓰는 건 스마트폰 게임 앱이에요, 헤헤.

콘　하하! 빈손은 역시 게임 얘기를 빼놓지 않는군. 그새
게임 실력은 좀 늘었나, 매앤? 빈손이 이미 알고 있
는 것처럼 게임도 하나의 앱이지. 스마트폰이나 컴퓨
터에 깔려 있는, 우리가 즐겨 사용하는 응용프로그
램들이 바로 앱이라고 할 수 있어, 맨!

비니타　자, 프로그래머는 코딩을 하는 사람이고, 코딩은 앱
을 만드는 일이야. 그럼 이제 프로그래머가 무얼 하
는 사람인지 알겠지? 프로그래머는 결국 앱을 만드
는 사람이라고 보면 돼. 일상에 필요한 다양한 앱을
만들어서 사람들의 삶을 편리하게 해 주는 거지.

콘　맞아. 그래서 프로그래머들은 경력을 소개할 때, 그
동안 어떤 앱을 만들어 왔는지 설명하는 것으로 대
신하곤 한다고, 맨. 나는 드론 앱도 만들고, 다양한
스위치를 말로 켜고 끄는 앱도 만들었지. 그 밖에도

내가 무슨 앱을 만들었는지 전부 들으려면 엄청 오
래 걸릴 거야, 매앤!

 빈손

캬~ 역시 콘은 대단한 프로그래머예요! 근데 콘의
경력은 다음에 더 듣기로 할게요. 아무튼 제가 요새
코딩을 좀 해 봤거든요. 강사가 시키는 대로 코딩을
하니 신기하게도 프로그램이 작동을 하더라고요. 약
간 받아쓰기하는 느낌이긴 했지만, 그래도 키보드를

두드려서 원하는 걸 만들어 냈을 때의 짜릿함은 정말 끝내줬어요!

비니타 와, 벌써 코딩의 즐거움을 느꼈나 보구나! 나도 그 짜릿함 때문에 이 세계에서 헤어 나오지 못하고 있지. 마냥 키보드를 두드리는 것처럼 느껴졌겠지만, 그게 바로 앱의 설계도를 써 내려가는 과정이었던 거야.

콘 그렇지. 앱은 설계도에 따라 스마트폰이나 컴퓨터에서 동작을 수행하는 거야. 그렇게 보면, 프로그래머는 코딩을 통해 스마트폰이나 컴퓨터가 어떤 일을 수행하게끔 만드는 사람이라고도 볼 수 있지, 맨.

비니타 근데 프로그래머가 항상 완벽하게 설계도를 만드는 건 아냐, 빈손. 프로그래머도 사람이다 보니 실수를 할 때도 있지. 그런 실수를, 우리는 '버그'라고 불러.

빈손 아, 버그! 맞아요, 나도 게임을 하다가 버그가 생기는 경우를 봤어요. 게임 속에서 내가 타야 할 차가 공중에 떠 있어서 쳐다보기만 한 적도 있고, 잘 진행되던 게임이 갑자기 꺼질 때도 있었어요. 그럴 때면 얼마나 짜증이 나던지, 어휴!

비니타 하하! 진정하라고, 빈손. 설계상의 실수 때문에 발생하는 앱의 동작 오류를 막기 위해 프로그래머는 앱을 이따금 업데이트하고, 또 새로운 기능을 추가하기도 하지. 이처럼 프로그래머는 코딩으로 앱의 설계도를 만들고, 그걸 다듬어 나가는 사람이야.

앱을 직접 설계해 보자!

비니타 코딩을 말로 배우기보다 한번 실제로 해 보는 게 훨씬 이해하기 쉬울 거야. 자, 내가 재미있는 체험거리를 준비해 왔지. 두 명이 필요한데, 콘이 함께해 줄래?

콘 물론이지, 맨! 뭔데 그래?

비니타 우선 둘이 컴퓨터가 되어 앱의 설계도에 따라 동작을 수행해 보고, 그다음엔 프로그래머가 되어 앱의 설계도를 작성하면서 코딩의 원리를 체험해 보는 거야.

빈손 내가 컴퓨터가 된다고요? 그렇다면…… 설계도에서 시키는 대로 하면 되는 거죠?

비니타 그렇지. 이제 두 사람이 컴퓨터가 되었다고 가정하고, 내가 마련한 다음의 앱 설계도에 따라 그림을 그려 봐. 거기, 이 책을 읽고 있는 친구! 너도 함께 그려 보지 않을래?

218

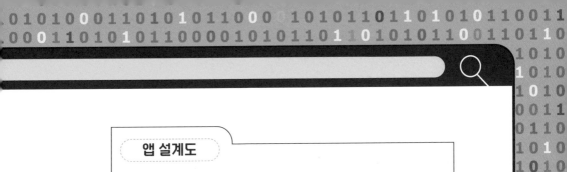

앱 설계도

① 가로로 긴 직사각형을 하나 그린다.

② ①보다 조금 작은 크기의 가로로 긴 직사각형을 ①의
   윗변 위쪽에 붙여서 그린다.

③ ②의 직사각형 안에 사각형 두 개를 좌우로 나란히 그
   린다.

④ ①의 직사각형 아랫변에 중심이 위치하는 원 두 개를
   나란히 그린다.

⑤ ②의 직사각형 윗변 가운데에 위쪽으로 작은 반원을
   그린다.

⑥ ⑤의 반원 안에 '택시'라고 적는다.

※컴퓨터가 되어 앱 설계도에 따라 그림을 그려 보세요!

빈손 다 그렸어요! 이거 택시 그림이네요?

 콘 나도 다 그렸어, 맨! 근데 빈손이 그린 택시는 제대로 안 굴러갈 것 같은데? 하하!

 빈손 흥! 콘이 그린 택시는 바퀴 달린 케이크 같네요!

비니타 두 사람 다 잘했어! 그림이 어설프게 그려진 건, 내가 제시한 설계도의 지시 사항이 정확하지 않았기 때문이야. 이렇게 결과물이 어설퍼지지 않게 하려면, 앱을 코딩할 때 가능한 한 구체적으로 적어 줘야 하지.

그래야 앱이 프로그래머의 의도대로 잘 작동할 수 있거든. 자, 이번엔 프로그래머 체험을 해 볼까? '잘생긴 빈손 얼굴'을 그리기 위한 설계도를 작성해 보는 거 어때?

 빈손 재미있겠네요! 그럼 이번엔 내가 설계도를 작성해 볼 테니, 콘이 설계도에 따라 그림을 그려 봐요.

 비니타 거기, 친구도 함께 설계도를 작성해 볼래요? 친구가 생각하는 대로 잘생긴 빈손 얼굴을 설계하되, 그림을 그려 낼 컴퓨터를 배려하여 최대한 상세하게 적으면 돼요.

앱 설계도

① 얼굴 모양은…
② 얼굴의 색은…
③ 얼굴 위의 머리카락은…
④ 얼굴 안의 눈은…
⑤ 눈 옆의 귀는…
⑥ 눈 아래 코는…
⑦ 코 아래 입은…

빈손 아니, 이게 나라고요? 우쒸~ 이건 괴물이잖아요!

콘 이거 왜 이래, 맨? 나는 빈손이 써 놓은 설계도대로 그렸을 뿐이라고. '아름다운' 눈이라고 적어 두면, 나는 내가 생각하는 '아름다운' 눈을 그릴 수밖에 없지, 하하!

비니타 자, 이제 그만! 프로그래머 입장이 되어 설계도를 직접 적어 보니 어때, 빈손? 설명과 순서 등을 최대한 정확하게 적는 게 중요하다는 걸 알겠지? 스마트폰과 컴퓨터는 앱의 설계도에 적힌 걸 그대로 따라하거든. 정리하자면, 코딩은 글쓰기와 비슷해. 컴퓨터 언어로 글을 써서 스마트폰과 컴퓨터에게 일을 시키는 과정이니까. 그리고 동시에 코딩은 설계도이기도 하지. 앱을 만드는 설계도 역할을 하는 거야. 그리고 마지막으로, 코딩에는 '순서'라는 게 있다는 것도 잊지 말라고.

글로벌 IT기업 프로그래머와의 온라인 미팅

 콘 ── 헤이, 빈손! 우리 모습 잘 보이지, 맨? 인사해, 이 사람은 내 친구 재성이야. 나랑 비니타 말고, 다른 프로그래머는 어떤 일을 하는지 빈손에게 알려 주려고 특별히 초대했지, 맨!

 빈손 ── 앗! 안녕하세요, 재성. 만나서 반가워요. 저는 노빈손이에요.

 콘 ── 헤이, 재성. 이 친구가 바로 잠시나마 '황금키보드의 사나이'였던 빈손이야.

 재성 ── 반가워요, 빈손. 나는 글로벌 IT기업에서 프로그래머로 일하고 있어요. 지금 근무하는 지역은 한국이고요. 내가 일하는 회사는 전 세계 프로그래머들이 사용할 수 있는 플랫폼을 개발하는 일을 주로 해요. 스마트폰 안에 들어가는 플랫폼도 만들고, 스마트폰에 인공지능 기술을 넣는 일도 한답니다.

빈손 플랫폼? 플랫폼은 기차역에 있는 거 아닌가요?

콘 하하! 빈손 말대로 '플랫폼'은 원래 '승강장'이란 뜻인데, 프로그래머 세계에서는 '사람과 사람을 연결해 주는 곳'이란 뜻으로 쓰이지, 맨. 사람들이 하고자 하는 것을 쉽게 실행할 수 있게 만들어 주는 마당이라고 생각하면 돼. 우리가 스마트폰으로 다양한 작업을 할 수 있게 된 것도, 스마트폰을 위한 플랫폼이 개발됐기에 가능한 일이야. 스마트폰으로 채팅하고, 돈을 보내고, 음악도 듣고…… 그 모든 작업이 플랫폼이라는 토대가 있어서 가능해진 거지, 맨! 쓸모 있게 만들어진 플랫폼에는 자연스레 많은 사람이 모이게 되고, 그런 사람들의 다양한 요구를 여러 프로그래머들이 해결해 주면, 사람들은 그 플랫폼을 더더욱 애용하게 된다고, 맨.

재성 살짝 어려운 개념인데 잘 설명해 줘서 고마워요, 콘.

조금 거창하게 시작했는데, 이제 내가 어떤 앱을 만
들어 왔는지 들려줄게요. 내가 직접 코딩 작업을 한
것 중에, 지금 이 시간에도 전 세계에서 사용되고
있는 기능이 있어요. 퀴즈를 내 볼게요. 스마트폰 카
메라 앱 자주 쓰죠? 그 앱으로 촬영을 하면 일단 잘
생긴 빈손의 얼굴이 이미지로 기록될 테고, 그 밖에
또 어떤 게 같이 기록될까요?

 빈손   음, 사진을 찍으면…… 아! 사진이 촬영된 시간 같은
것도 기록돼요.

재성   오, 맞혔어요! 빈손 말대로 시간 정보가 기록되죠.
그뿐 아니라, 사용자가 원한다면 사진을 찍은 위치
정보도 같이 기록할 수 있어요. 나는 시간과 위치
같은 사진의 부가 정보를 저장하는 기능을, 스마트
폰 플랫폼인 안드로이드에서 구현하는 작업을 했어
요. 만약 빈손이 안드로이드 운영체제가 깔린 갤럭
시 스마트폰으로 사진을 찍는다면, 내가 작성한 코
딩의 결과물이 수행되죠. 거리에서 안드로이드 스마
트폰으로 사진을 찍는 사람을 볼 때면, 나는 혼자서
뿌듯함을 느낀답니다.

빈손   와~ 대박! 내가 쓰는 스마트폰에 재성이 코딩한 기

콘 술이 들어 있었군요!

재성, 인공지능 관련 작업도 한다고 했지? 그 얘기도 들려주라고, 맨.

재성 아, 나는 스마트폰에 인공지능 기술을 넣는 일도 하고 있어요. 손바닥보다 작은 스마트폰 안에서 더 많은 양의 정보를 더 빨리 처리하게끔 하려면, 보다 개선된 인공지능 기술을 적용해야 하거든요. '선형대수학'이라는 수학 분야, 그리고 스마트폰의 하드웨어에 대한 지식을 활용하는 작업인데…… 관심 있으면 빈손도 한번 공부해 보세요.

빈손 헉! 선, 선형…… 뭐라고요?

콘 하하! 빈손, 모르는 게 있다고 해서 주눅 들 필요 없어. 흥미를 느끼기만 한다면, 어떤 분야든 신나게 배우며 지식을 쌓아 나갈 수 있으니까, 매앤!

재성 맞아요. 나도 프로그래머로 일한 지 꽤 되었지만, 코딩의 모든 것을 알진 못하죠. 매일매일 동료 프로그래머들과 다양한 정보를 나누며, 자연스럽게 배우고 성장하고 있어요.

빈손 정말요? 그럼 나도 희망을 가져야겠네요! 근데 재성은 동료들과 어떤 식으로 일을 해요?

재성　일단 시간 순으로 얘기해 볼게요. 우리 팀의 동료들은 다양한 국적을 갖고 있어요. 한국뿐 아니라 유럽과 미국 등 해외 여러 지역에서 일하고 있죠. 한국에 있는 내가 아침에 업무를 시작하면, 그때 미국의 동료들은 퇴근을 앞두고 있어요. 그래서 우선 미국의 동료들과 업무 이야기를 나누는 데에 집중해요. 코딩의 결과물에 대한 질문도 하고, 내가 하려는 작업에 대한 조언도 구해요. 한국 시간으로 점심때쯤 되면 미국 동료들은 퇴근하죠. 그때부터 난 혼자만의 시간을 가지며 코딩에 집중해요. 그렇게 끝마친 코딩 작업물은 세계 각지의 동료들에게 보내져 검토 과정을 거치게 되죠.

 빈손　앗, 동료들에게 검사받아야 하는 건가요? 뭔가 좀 부끄럽진 않나요?

 재성　사실 처음에는 내가 만든 코드를 동료들에게 보여주자니 좀 부끄러웠어요. 작성한 코드는 대여섯 줄밖에 되지 않았는데 댓글은 무려 열 개나 받았거든요. 하지만 곧 익숙해져서 괜찮았어요. 이렇게 동료들에게 검토를 받는 과정은 장점이 많아요. 결과물을 함께 만들어 가면서 혹시 있을지 모를 오류를 미

227

리 걸러 낼 수 있고, 또 내가 잘 알지 못하는 걸 업무 과정에서 동료들에게 자연스럽게 배울 수 있죠.

 빈손

와, 프로그래머는 맨날 컴퓨터 앞에 앉아 고독하게 일하는 사람일 것 같았는데……. 재성 얘기를 들어보니 내가 생각했던 것과 꽤 다르네요. 근데 재성은 프로그래머라는 직업의 어떤 점이 좋아요?

 재성

좋은 질문이에요, 빈손. 난 내가 고민하며 만든 앱의 설계도들이 전 세계 사람들의 일상에 실질적인 도움을 주고 있어서 얼마나 기쁜지 몰라요! 나의 코딩 결과물들이 내가 몸담고 있는 회사를 통해 지구촌 구석구석에 도달하고 있음을 확인할 때마다 정말 큰 보람을 느낀답니다.

 빈손

글로벌 IT기업에서 프로그래머로 일하는 건 정말 흥미진진한 일이군요. 좋아요, 나도 코딩 공부를 시작했으니 재성의 동료가 되는 데 도전해 볼래요!

게임 프로그래머와의 오프라인 미팅

게임 개발자의 일과 엿보기

 연준 음냐음냐…… 여, 여보세요?

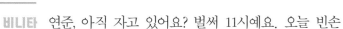 **비니타** 연준, 아직 자고 있어요? 벌써 11시예요. 오늘 빈손이 찾아갈 거라고 내가 얘기했잖아요.

 연준 으으…… 비니타예요? 맞다, 오늘 누가 온다고 했었지! 앗, 초인종 소리가……. 벌써 도착했나 봐요. 일단 전화 끊을게요!

 빈손 연준? 안녕하세요, 노빈손이에요. 근데 셔츠 단추가…… 한 칸씩 밀려 끼워졌네요. 큭큭!

 연준 앗, 미안해요! 막 일어나서 정신이 없네요, 헤헤.

 빈손 괜찮아요! 난 집에 있을 때 거의 벌거벗고 있는걸요.

 연준 엇, 난 그 정도는 아닌데……. 아무튼 반가워요, 빈손. 10시쯤 일어나서 미리 준비하고 빈손을 맞이하려고 했는데, 그만 늦잠을 자 버렸네요. 새벽 늦게까

229

지 게임 업데이트 작업을 하느라 피곤했나 봐요.

빈손　혁! 새벽에도 일을 해요?

연준　업무 스타일이 올빼미형이라 해가 지고 조용해지면 일이 더 잘 되거든요. 그래서 늦게 일어나고 늦게 자는 편이죠.

빈손　보통 사람들보다 좀 더 자유롭게 일하는 것 같네요?

연준　맞아요. 자유롭게 일하는 편이죠. 앗, 스마트폰 알림을 확인 안 했네! 잠시만요.

빈손　기다리는 연락이 있나 봐요?

연준　게임에 새로운 콘텐츠를 추가하는 작업을 아까 새벽에 했거든요. 그 작업에 무슨 문제라도 있지 않는지 확인하려는 거예요. 다행히 별 문제 없는 것 같네요. 문제가 있으면 직원들이 이메일이나 메시지를 보냈을 텐데……. 자, 보세요. 새로 들어온 이메일이 하나도 없네요. 이건 회사에서 사용하는 채팅 앱인데, 직원들이 남긴 아침 인사 말고는 별다른 메시지가 없고요.

빈손　와, 뭔가 특이하게 일하는 것 같아요. 편리한 것 같기도 하고요.

연준　그런 편이죠. 참! 멀리까지 와 줘서 고마워요, 빈손.

오늘 집으로 오라고 한 건, 내가 일하는 모습을 더 생생하게 보여 주기 위해서예요. 재택근무 방식으로 일하고 있어서, 집이 곧 일터거든요. 자, 그럼 컴퓨터를 켜고…….

 빈손 어? 연준은 노트북을 쓰지 않나요? 다른 프로그래머들은 카페 같은 곳에서 노트북을 펴 놓고 일하던데요.

 연준 맞아요, 그렇게 일하는 프로그래머가 많죠. 나도 이따금 밖에 나가서 일할 때는 노트북을 써요. 근데 알다시피 게임에는 그래픽 요소가 많아서, 성능이 좋은 컴퓨터로 작업하는 게 훨씬 나아요. 이렇게 커다란 모니터도 두 개 이상 사용해야 하고요.

 빈손 와, 장치들이 쫙 갖춰져 있고…… 뭔가 되게 멋있어 보여요!

 연준 그런가요? 매일 쓰는 장비들이라 난 잘 모르겠네요, 하하. 자, 그럼 일을 시작해 볼게요. 아까 보여 준 스마트폰 채팅 앱 있죠? 그걸 컴퓨터에서도 접속해서, 이렇게 직원들에게 출근 인사를 건네요. '안녕하세요, 업무 시작하겠습니다.'

 빈손 아니, 이렇게 하면 출근이 된 거라고요?

231

연준 네, 재택근무는 보통 이렇게 출근 체크를 해요. 이제 내가 할 일은, 새벽에 업데이트한 것들이 문제없이 흘러가고 있는지 확인하는 거예요.

빈손 엥? 아까 문제없다고 하지 않았어요?

연준 큰 문제는 없더라도 사소한 버그는 있을 수 있거든 요. 문제라고 판단되는 것들이 자동으로 기록되게끔 만들어 둔 곳이 있어요. 그걸 확인하면 되죠.

빈손 음, 그게 정확히 어떤 건지는 모르겠지만…… 뭔가 자동으로 기록된다는 게 신기하네요.

연준 안 그러면 프로그래머인 우리도 문제의 원인을 알아 내기 어렵거든요. 컴퓨터의 편리함을 최대한 활용해 야죠. 앗, 근데 이게 왜 이러지? 말이 좀 이상한 모 습으로 구현되는데……. 담당자랑 이야기를 해 봐 야겠네요. 채팅 앱으로 직원하고 잠깐 통화 좀 할게 요. …… 쏼라쏼라 블라블라 어쩌고저쩌고 미주알 고주알…….

빈손 타조알 공룡알 메추리알…… 아, 달걀 프라이 먹고 싶네…….

연준 끝났어요, 빈손. 기다리게 해서 미안해요. 기록에 남 은 버그가 기술적인 문제인지 게임 기획상의 문제인지 확인하느라 통화가 좀 길어졌네요. 이런 건 채팅보다는 대화로 직접 확인하는 게 빨라서……. 아까 그건 기술적인 문제로 보여요. 당장 급하게 고쳐야 할 건 아니지만 해결하긴 해야겠어요. 참, 아까 내가 문제가 생기면 자동으로 기록된다고 했잖아요?

빈손 아, 맞아요. 근데 그걸 보면 바로 고칠 수 있나요?

연준 상황에 따라 다르죠. 코딩 과정에서 생긴 단순한 실수라면 그것만 고치면 해결할 수 있을 텐데, 지금 이

문제는…… 아직 정확히는 모르겠네요.

빈손 그럼 어떻게 해야 해요?

연준 검색해 봐야죠. 우리는 검색하는 걸 '구글링한다'고 말해요. 기록된 문제 사항을 그대로 복사+붙여넣기 해서 구글링하면, 짠! 이렇게 전 세계의 프로그래머들이 질문했던 것들이 쭉 나와요.

빈손 와아…… 영어라서 잘 모르겠지만, 아무튼 많긴 많네요.

연준 이제 하나씩 읽어 보죠. 어디 보자……. 앗, 이게 우리 문제랑 똑같은 경우네요. 오, 누군가 답변에 해결책을 남겨 놨어요. 아…… 이렇게 하면 된다고?

빈손 뭔 소린지 하나도 모르겠네요. 이게 대체 무슨 내용이에요?

연준 설명하기 쉽지 않은데…… 이 사람이 쓴 대로 하면 될 것 같아요. 여기 코드 두 줄 정도만 고치면 되겠네요. 이렇게 이렇게 고치고…… 테스트를 해 보면…… 짠! 이제 잘 되네요. 자, 나도 글을 남겨야겠어요. 내가 이렇게 이렇게 고쳤다고 적어 놓으면, 다른 프로그래머들도 나중에 참고하게 될 거예요. 이제 급한 일은 끝났고…….

빈손 　연준, 궁금한 게 하나 있어요. 연준은 지금까지 어떤 게임들을 만들었어요?

 연준 　음…… 퍼즐 게임도 만들어 봤고, 농장을 꾸미고 관리하면서 다른 사람들과 소통하는 게임도 만들어 봤고, 슈팅 게임도 만들어 봤고……. 아, 캐릭터를 잘 배치해서 다른 캐릭터와 싸우는 전략 전투 게임도 만들어 봤어요. 슬프게도, 개발하다가 결국 세상에 내놓지 못한 게임 작업물들도 꽤 있죠.

 빈손 　앗, 세상 빛을 보지 못한 게임이 있다니……. 게임을 사랑하는 사람으로서 정말 너무나 슬픈 일이네요. 으앙~!

연준 　개발하다 보니 예상보다 재미가 없어서 포기하고 마는 게임이 적잖이 있어요. 게임을 처음 개발할 때는 아무것도 없는 상태에서 시작하는 거잖아요? 그래서 게임 개발자들은 머릿속에 들어 있는 게임의 형태를 서둘러 만들어 내서 정말 재미있는지 확인하는 작업을 여러 번 해요. 이걸 '프로토타입'을 만든다고 하는데, 상상 속의 게임에서 가장 핵심적인 재미를 서둘러 눈으로, 경험으로 확인하는 과정이죠. 이 과정에서 영 재미가 없다고 판단되면 어쩔 수 없이 개발을 멈추는 거예요.

빈손   그렇군요. 그런 작업도 오늘 볼 수 있으면 좋았을 텐데, 조금 아쉽네요. 아니, 못 본 게 연준에게는 좋은 일이군요!

연준   맞아요, 하하! 이 밖에도 다른 궁금한 것들이 있을 것 같은데, 근처 공원에서 여유롭게 산책이라도 하면서 계속 이야기해 볼까요?

게임 개발은 어떻게 하는 걸까?

빈손   연준, 게임은 어떻게 만드는 건가요?

연준   앗, 그러고 보니 게임 만드는 과정에 대해선 아직 제대로 얘기를 안 했군요! 게임 개발도 참 방대한 분야죠. 업무 영역에 따라 나눠서 설명해 줄게요. 우선 게임의 규칙, 시스템, 세계관 등을 만드는 기획자가 있어요. 그리고 게임을 할 때 눈에 보이는 모든 것들, 예컨대 배경이나 캐릭터, 각종 시각적인 효과 등을 만들어 내는 아트 디자이너가 있고요. 마지막으로, 이 모든 것들을 한데 모아서 게임을 작동하게 하고 완성시키는 프로그래머가 있죠.

빈손 생각보다 여러 갈래로 나뉘네요.

연준 큰 회사라면 더 세세하게 나뉘는데, 일단 이 정도만 알아도 충분해요. 빈손은 프로그래머에 관심이 있을 테니, 그쪽으로만 좀 더 자세히 들어가 볼까요?

빈손 좋아요. 그것만으로도 머리가 아플 것 같은데요.

연준 게임은 기본적으로 게임 '엔진'을 통해 만들어요. 엔진을 쉽게 설명하자면 '게임을 개발하는 과정을 쉽게 만들어 주는 도구'라고 할 수 있어요. 게임 엔진도 일종의 프로그램인데요, 게임 프로그래머가 직접 엔진을 만들어 사용할 수도 있고, 널리 사용되고 있는 기존의 엔진을 쓸 수도 있어요. 유명한 엔진으로 '유니티'나 '언리얼' 등을 꼽을 수 있어요.

빈손 그런 것을 아무나 사용해도 괜찮은가요?

연준 그럼요. 이런 전문적인 엔진들 덕분에 예전보다 훨씬 쉽게 게임을 만들 수 있게 되었어요. 아마 빈손도 다루는 법을 금방 익힐 수 있을 거예요.

빈손 와아! 그럼 저도 게임을 만들 수 있는 거예요?

연준 그럼요, 얼마든지 할 수 있어요. 하던 얘기로 다시 돌아가 보죠. 프로그래머도 하는 일에 따라 여러 갈래로 나뉘는데, 이것도 회사마다 조금씩 달라요. 크게 구분하자면, 먼저 '그래픽스 엔진 프로그래머'를 들 수 있어요. '그래픽스 프로그래머'라고도 부르죠. 눈에 보이는 그래픽 관련 기능을 게임 엔진 내에 직접 만들거나, 그래픽 기능이 게임에서 잘 작동하게 해서 최상의 그래픽 품질을 이끌어 내는 작업을 담당해요.

빈손 어우, 듣기만 해도 어렵네요. 자신감이 확 사라져 버렸어요!

연준 하하! 사실…… 실제로 어려운 영역이에요. 아트 디자인 감각도 웬만큼 갖춰야 하고요. 난이도가 상당히 높죠. 눈에 보이는 걸 작업하는 건 그 외에도 많아요. 우리가 게임에서 흔히 보는 화면들, 예를 들어 버튼을 눌렀을 때 글자가 바뀌면서 다른 화면이 나타나는 경우 같은 것 있잖아요? 대체로 게임 속 눈에 보이는 모든 것을 동작하도록 완성하는 일인데, 이런 직군을 '클라이언트 프로그래머' 혹은 '프론트엔드 프로그래머'라고 불러요.

빈손 역시 잘 모르겠지만, 어쨌든 그건 좀 재미있어 보이네요.

연준 마지막으로 하나만 더 소개할게요. 눈에 보이는 것이 아닌, 눈에 보이지 않는 영역의 업무를 하는 프로그래머도 있어요. 빈손이 어제 하던 게임을 껐다가 오늘 새로 켜면, 어제까지 한 것들이 그대로 남아 있죠? 빈손이 게임 속에서 했던 모든 것들, 즉 '데이터'가 어딘가에 저장되어 있다는 얘긴데, 바로 그런 것들을 처리해 주는 사람들이에요. 이런 직군을 '서버 프로그래머' 혹은 '백엔드 프로그래머'라고 하죠. 이 외에도 더 많은 세부 영역이 있어요.

 빈손 듣고 보니, 게임 한 편을 만들기 위해 정말 많은 사람들이 노력하는군요.

 연준 그렇죠. 게임은 사람들에게 즐거움을 주기 위한 거니까, 어찌 보면 영화나 드라마와 어깨를 나란히 하는 콘텐츠라고 볼 수 있어요. 종합 예술이라고도 할 수 있겠네요.

 빈손 그렇다면 나도 종합 예술을 즐기는 거였네요! 맨날 게임만 한다고 말숙이가 잔소리를 엄청 많이 했었는데, 내가 잘 설명해 줘야 하겠어요, 크하하! 근데요, 게임을 하는 건 정말 재미있는데 게임을 만드는 것도 그만큼 재미있을까요?

연준　사실 게임을 개발하는 작업은, 게임을 플레이하는 것과는 전혀 달라요. 게임의 가장 큰 목적은 '재미'를 느끼게 하는 거잖아요? 게임 개발자는 자신이 재미를 느끼는 게 아니라, 플레이어로 하여금 재미를 느끼게 해야 해요. 이 차이를 모른 채 '게임하는 게 재미있으니 게임을 개발하는 것도 당연히 재미있겠지? 나도 게임 개발자 할 거야!' 하고 접근하면 오히려 흥미가 뚝 떨어질 수 있어요.

빈손　허억! 그럼 저는…… 못 할 것 같은데요?!

연준　에이, 빈손은 이미 게임 개발자의 일에 대해 웬만큼 알게 됐잖아요. 알고 접근하면 또 다르죠. 그리고 게임 개발자로서 느끼는 즐거움도 분명 있어요.

빈손　그래요? 연준이 생각하는 '게임 개발자의 즐거움'에는 어떤 게 있나요?

연준　음…… 크게 두 가지를 꼽아 볼게요. 하나는 프로그래머로서의 관점인데, 개발하다 보면 구현하기 난감하거나, 복잡하거나, 어렵거나 한 요소들이 있거든요. 그런 일에 도전해서 어려움을 극복하고 결국 구현해 냈을 때엔 말할 수 없이 큰 희열을 느껴요. 사실 이건 게임 개발이 아니라 다른 어떤 일을 해도

240

마찬가지일 거지만요. 다른 하나는 게임을 제공하는 사람으로서의 관점이에요. 내가 만들어 출시한 게임을 사람들이 재미있어하면서 오랫동안 플레이해 줄 때 정말 기쁘죠. 그럴 땐 '내가 이 순간을 위해 그토록 열심히 만들었지' 하며 속으로 환호를 하게 돼요. 자, 빈손도 용기를 내서 게임 개발자에 도전해 보는 게 어때요?

 빈손 아, 어쩌죠? 고민되네요. 어제 재성 프로그래머 얘기를 들으면서 글로벌 IT기업 입사에 도전해 보겠다고 마음먹었는데……. 역시 더 재미있는 쪽은 게임이겠죠? 크하하!

시작은 역시 블록 코딩으로!

 빈손 비니타, 잘 지냈죠? 연준과 재성을 만나 얘기를 나눠 보니, 프로그래머라는 직업이 자유롭고 또 의미 있는 일이라는 걸 확실히 알게 됐어요. 프로그래머가 되고 싶은 마음이 정말 커졌는데, 무엇부터 준비해야 할까요?

 비니타 와, 우리 빈손이 제법 진지해졌는데? 좋아, 내가 쉬운 것부터 알려 줄게. 프로그래머가 되는 데에 가장 좋은 시작은, 우선 컴퓨터와 친해지는 거야. 프로그

242

래머는 컴퓨터와 떼려야 뗄 수 없는 사이잖아? 그러니 일기도 컴퓨터로 써 보고, 용돈 기입장도 컴퓨터로 기록해 보면 좋을 거야. 그리고 코딩으로 작성하는 앱의 설계도는 영어로 써야 하니까, 평소에 영어 타자를 연습해 두는 것도 도움이 되지.

빈손 컴퓨터 게임을 하는 것도 도움이 되겠죠? 으헤!

비니타 흠…… 무슨 꿍꿍이인지 뻔히 보이지만, 대답해 줄게. 컴퓨터와 친해지고 익숙해지는 데에 게임이 분명 도움은 되겠지만, 너무 많이 한다면 프로그래머가 되기 위한 공부를 할 시간을 빼앗기겠지? 알아서 적당히 하는 게 좋을 거야.

빈손 휴~ 역시 그렇겠죠? 알겠어요, 비니타. 참, 코딩을 공부할 때 무엇부터 해 보면 좋을까요? 코드 클럽에서 엔트리와 스크래치를 배우기 시작했는데 꽤 재미있더라고요.

비니타 와, 듣던 중 반가운 소리인데! 엔트리나 스크래치 같은 블록 코딩으로 코딩 연습을 시작하는 건 좋은 선택이야. 실제로 요즈음 학생들은 블록 코딩 프로그램을 활용해 코딩을 배우기 시작하잖아? 처음부터 글쓰기 방식으로 본격적인 코딩을 하는 건 쉬운 일이

아니거든. 블록 코딩은 장난감 블록을 쌓듯이 필요
한 요소들을 마우스로 옮겨서 만들 수 있고, 오타나
영어 타자에 대한 걱정도 덜어 낼 수 있어서 좋지.

그다음 배울 것은 컴퓨터 언어!

 빈손 엔트리와 스크래치로 코딩을 연습하고 나서, 실제로
프로그래머들이 하는 코딩을 배우고 싶으면 어떻게
해야 해요?

 비니타 여러 방법이 있지. 본격적인 코딩을 할 땐 컴퓨터 언
어를 사용하는데, 나는 '파이썬'이라는 언어를 제일
먼저 배웠어. 파이썬은 처음 배우기에 쉬운 컴퓨터
언어에 속하거든. 컴퓨터 언어마다 특징이 조금씩
다른데, 파이썬은 컴퓨터 하드웨어에 대해 충분히
알지 못해도 사용할 수 있게끔 설계가 되어 있지.
나중에 빈손이 컴퓨터 언어를 배울 때, 컴퓨터 하드
웨어에 대한 지식이 아직 부족하다 싶다면 파이썬을
쓰는 게 좋을 거야.

 빈손 파이썬이라…… 오케이! 적었어요, 비니타.

244

비니타   파이썬의 또 다른 좋은 점은, 다른 프로그래머들이
만들어 둔 파이썬 코딩 결과물들을 쉽게 가져다 쓸
수 있다는 거야. 코드를 처음부터 쌓아 올리는 것도
물론 재미있지만, 프로그래머들이 만들어 둔 결과물
들을 가져다가 잘 버무려서 자기가 만들고 싶은 걸
빠르게 만드는 것도 재미있거든.

빈손   근데, 비니타. 코딩 언어가 아주 다양하다고 하던데,
파이썬 하나만 배워도 괜찮을까요?

비니타   오오~ 진지한 질문, 좋았어! 파이썬이든 C언어이든
자바스크립트든, 우선 하나를 끝까지 파고들어서 온
전히 빈손의 것으로 만드는 게 좋을 거야. 언어마다
장점과 단점이 있고 사용하는 곳도 다르지만, 컴퓨
터 언어는 코딩을 위한 것이니만큼, 스마트폰과 컴퓨
터에 일을 수행시키기 위한 수단이라는 점에서는 크
게 다르지 않아. 어떤 것이든 충분히 연습해서 자기
것으로 만들면 코딩과 컴퓨터 언어에 대한 깊이 있
는 이해가 생기고, 그렇게 되면 다른 컴퓨터 언어를
배우는 게 어렵지 않거든. 속으로 이렇게 생각하게
되는 때가 올 거야. '어? 이건 파이썬에서 이러저러했
는데, 이 언어에서는 이렇게 표현되는구나!' 그런 경

험을 하게 될 때까지, 어느 한 가지에 충분히 파고들
기를 바라.

빈손　그렇다면 정말 파이썬부터 깊이 파야겠네요. 그러다
보면 다른 언어를 배울 기회도 생기겠죠?

비니타　물론이야, 빈손. 나중에 기회가 되면 다른 컴퓨터 언
어들도 배워 보렴.

나만의 앱을 개발해 보기, 그리고…

빈손　비니타, 얼마 전에 코드 클럽에서 스마트 스피커를
만들어 봤거든요? 엄청 재미있었어요. 이렇게 실제
로 뭔가 만들어 보면서 코딩을 배워 나가면 좋을 것
같은데, 방법이 있을까요?

비니타　와! 빈손이 정말 훌륭한 코딩 경험을 해 봤구나. 잘
했어! 컴퓨터 책을 사서 거기 있는 내용을 하나씩
따라 하는 것보다, 그렇게 뭔가 명확한 목표를 세우
고 연습해 보는 게 더 효과적이거든. 예를 들어, ‘우
리 집 멍멍이의 식사량을 기록하는 앱을 만들어 봐
야지’ 하는 목표. 이런 목표를 세운다면, 그걸 달성

하기 위해 무얼 배워야 할지 스스로 찾아보게 되고, 필요한 컴퓨터 언어가 무엇인지 알아내게 되고, 어떤 책과 사이트를 참고해야 할지 정보를 찾아 가는 과정을 자연스레 거치게 되거든. 사실 프로그래밍은 학교 과제를 하며 배우는 순수 학문이라기보다는, 직접 공구를 들고 원하는 걸 만드는 기술 쪽에 더 가까운 일이라고 나는 생각해. 그런 만큼 자기에게 실제로 도움이 되는 걸 만들어 보는 게 여러모로 좋겠지.

빈손 마지막으로 하나만 더 물을게요. 컴퓨터 하드웨어에 대해서도 알아야 하나요? 와이파이나 블루투스 같은 것들요.

비니타 코딩의 목표는 스마트폰과 컴퓨터를 자신이 만든 앱의 설계도대로 수행시키는 것이라 볼 수 있어. 그런 점에서, 스마트폰과 컴퓨터의 내부 구조와 원리를 이해하는 것도 중요하지. 처음부터 모든 걸 이해할 수는 없으니, 빈손도 조금씩 지식을 쌓아 가길 바라. 프로그래머에게는 두 개의 중요한 기둥이 있어. 하나는 '하드웨어'라는 기둥, 다른 하나는 '코딩'이라는 기둥이야. 두 기둥이 모두 튼튼히 서야 하지. 그 위에 올라서야, 빈손이 만든 앱은 설계도에 따라 원활히 작동하고, 또 빈손이 원하는 바를 스마트폰과 컴퓨터에서 해낼 수 있을 거야. 마지막으로 《비트 월드》라는 책을 추천할게. 빈손이 만났던 연준과 재성이 함께 쓴 책이지. 하드웨어와 코딩에 대해서, 이야기를 통해 쉽게 배울 수 있는 좋은 책이니 한 번쯤 읽어 보면 좋을 거야. 그럼 나는 이만 마크3를 챙기러 가 볼게. 또 보자고, 빈손. 안녕~!